新 潮 文 庫

藤 村 詩 集

島崎藤村著

新 潮 社 版

1784

合本詩集初版の序

遂《つひ》に、新しき詩歌《しいか》の時は来《きた》りぬ。

そはうつくしき曙《あけぼの》のごとくなりき。あるものは古《いにしへ》の預言者の如《ごと》く叫び、あるものは西の詩人のごとくに呼ばはり、いづれも明光と新声と空想とに酔へるがごとくなりき。

うらわかき想像は長き眠りより覚めて、民俗の言葉を飾れり。

伝説はふたゝびよみがへりぬ。自然はふたゝび新しき色を帯びぬ。

明光はまのあたりなる生と死とを照せり、過去の壮大と衰頽《すいたい》とを照せり。

新しきうたびとの群の多くは、たゞ穆実《ぼくじつ》なる青年なりき。その芸術は幼稚なりき、不完全なりき、されどもまた偽《いつは》りも飾りもなかりき。青春のいのちはかれらの口唇《くちびる》にあふれ、感激の涙はかれらの頰《ほほ》をつたひしなり。こゝろみに思へ、清新横溢《わういつ》なる思潮は幾多の青年をして殆《ほとん》ど寝食を忘れしめたるを。また思へ、近代の悲哀と煩悶《はんもん》とは幾多の青年をして狂せしめたるを。

われも拙《つたな》き身を忘れて、この新しきうたびとの声に和しぬ。

詩歌は静かなるところにて思ひ起したる感動なりとかや。げにわが歌ぞおぞき苦闘の告白なる。

なげきと、わづらひとは、わが歌に残りぬ。思へば、言ふぞよき。ためらはずして言ふぞよき。いさゝかなる活動に励まされてわれも身と心とを救ひしなり。

誰《たれ》か旧《ふる》き生涯《しやうがい》に安んぜむとするものぞ。おのがじゝ新しきを開かんと思へるぞ、若き人々のつとめなる。

生命は力なり。力は声なり。声は言葉なり。新しき言葉はすなはち新しき生涯なり。われもこの新しきに入らんことを願ひて、多くの寂《さび》しく暗き月日を過しぬ。

芸術はわが願ひなり。されどわれは芸術を軽く見たりき。むしろわれは芸術を第二の人生と見たりき。また第二の自然とも見たりき。

あゝ詩歌はわれにとりて自ら責むるの鞭《むち》にてありき。わが若き胸は溢《あふ》れて、花も香もなき根《ね》無草《なしぐさ》四つの巻とはなれり。われは今、青春の記念として、かゝるおもひでの歌ぐさかきあつめ、友とする人々のまへに捧《ささ》げむとはするなり。

明治三十七年の夏
四巻合本成るの日

藤村

合本第十六版の序

はじめて私が第一の詩集を公《おほやけ》にした日から数へると十六年を経た今日に成つて、更に斯《こ》の書の改訂本を出すといふことは自分ながら意外に感ずる。過《すぐ》る十六年は私の個人としての生涯を変へたばかりでなく詩歌の歴史から言つてもさう短い月日では無かつた——今日まで斯の詩集が読まれて来たといふことすら、私には意外である。

二十五六といふ青年時代が二度と私には来ないやうに、斯の詩集も私には二冊とは無いものだ。それを思ふと斯の詩集を作つた当時のこともいくらか書きつけて置きたい。明治二十九年の秋、私は仙台へ行つた。あの東北の古い静かな都会で私は一年ばかりを送つた。私の生涯はそこへ行つて初めて夜が明けたやうな気がした。私は仙台の客舎《かくしや》で書いた詩稿を毎月東京へ送つて、その以前から友人同志で出して居た雑誌「文学界」に載せた。それを集めて公にしたのが私の第一の集だ。

「若菜《わかな》集」は私の文学生涯に取つての処女作とも言ふべきものだ。その頃《ころ》の詩歌の領分は非常に狭い不自由なもので、自分等の思ふやうな詩歌はまだ〳〵遠い先の方に待つて居るやうな気がしたが、兎《と》も角《かく》も先蹤《せんしよう》を離れやう、詩歌といふものをもつと〳〵自分等の心に近づけやうと試みた。黙《もだ》し勝ちな私の口唇《くちびる》はほどけて来た。

心の宮城野《みやぎの》よ
乱れて熱き吾身《わがみ》には
日影も薄く草枯れて
荒れたる野こそうれしけれ

ひとりさみしき吾耳は
吹く北風を琴と聴き
悲み深き吾目には
色なき石も花と見き

（若菜集――「草枕」）

私が一生の曙は斯様《かやう》な風にして開けて来た。
三十一年の夏、郷里の木曾《きそ》へ旅して、姉の家で「夏草《なつくさ》」の全部を書いた。「夏草」は単行本として公にした。
三十二年の四月、信州の小諸《こもろ》へ行つて、そこで私は復《ま》た詩作を始め、東京のいろいろな雑誌へ寄稿した。「落梅《らくばい》集」はあの山の上へ住むやうに成つてから一年ばかりの間に作つた歌を集めた。「落梅集」を公にしたのは三十三年であつた。丁度足掛五年ばかり――私が二十五から二十九まで――のことが斯の詩集の中にある。私は幾度か挫折《ざせつ》したり、落胆したりした。しかし大体に於《お》いて、自分の取つた道を間違へなかつたつもりだ。私は今、斯の書が改装されて、もう一度読まれる日のあることを思つて見る。自分の着《つ》けて来た小さな足跡は斯の古い木の葉のやうな詩集の中に僅《わづ》かながらにも残つて居る。

大正元年の冬

著者

改刷詩集のはしがき

仏蘭西《フランス》の旅にある頃、私はこの詩集の編み直しを思ひ立つた――若かりし日のおもひでにもと。全部の改刷《かいさつ》を機として今ここに公にするのが則《すなは》ちそれである。

この詩集の旧本は順を追ふて出版した巻々の合本であつた。したがつて一冊の集としては不完全なところが多かつた。この新本では歌の順序も成るべく創作の時に随《したが》ひ、題目もあるものは改めあるものは加へ、すべてこの詩集を書いた時の心持に近づけることを主とした。

旧本は分けて四巻としてあつた。この詩集の改刷に際し「一葉舟」を「春やいづこに」と改めて、第二巻の「夏草」のうちに納めた。新本は「若菜集」、「夏草」、「落梅集」の三巻である。

大正六年春

著者

目次

夏草

一　春やいづこに

二　新潮

三　壮年

四　椰子の実、其他

解説　伊藤信吉

藤村詩集

若菜集

こゝろなきうたのしらべは
ひとふさのぶだうのごとし
なさけあるてにもつまれて
あたゝかきさけとなるらむ

ぶだうだなふかくかゝれる
むらさきのそれにあらねど
こゝろあるひとのなさけに
かげにおくふさのみつよつ

そはうたのわかきゆゑなり
あぢはひもいろもあさくて
おほかたはかみてすつべき
うたゝねのゆめのそらごと

一―秋の思

秋

秋は来《き》ぬ
　秋は来ぬ
一葉《ひとは》は花は露ありて
風の来て弾《ひ》く琴の音《ね》に
青き葡萄《ぶだう》は紫の
自然の酒とかはりけり

秋は来ぬ
　秋は来ぬ
おくれさきだつ秋草《あきぐさ》も
みな夕霜《ゆふじも》のおきどころ
笑ひの酒を悲みの
盃《さかづき》にこそつぐべけれ

秋は来ぬ
　秋は来ぬ
くさきも紅葉《もみぢ》するものを
たれかは秋に酔はざらん
智恵《ちゑ》あり顔のさみしさに
君笛を吹けわれはうたはむ

初恋

まだあげ初《そ》めし前髪《まへがみ》の
林檎《りんご》のもとに見えしとき
前にさしたる花櫛《はなぐし》の

花ある君と思ひけり

やさしく白き手をのべて
林檎をわれにあたへしは
薄紅《うすくれなゐ》の秋の実《み》に
人こひ初《そ》めしはじめなり

わがこゝろなきためいきの
その髪の毛にかゝるとき
たのしき恋の盃《さかづき》を
君が情《なさけ》に酌《く》みしかな

林檎畑の樹《こ》の下《した》に
おのづからなる細道《ほそみち》は
誰《た》が踏みそめしかたみぞと
問ひたまふこそこひしけれ

狐《きつね》のわざ

庭にかくるゝ小狐の
人なきときに夜《よる》いでて
秋の葡萄の樹《き》の影に
しのびてぬすむつゆのふさ

恋は狐にあらねども
君は葡萄にあらねども
人しれずこそ忍びいで
君をぬすめる吾《わが》心

髪を洗へば

髪を洗へば紫の

小草《をぐさ》のまへに色みえて
足をあぐれば花鳥《はなとり》の
われに随《したが》ふ風情《ふぜい》あり

目にながむれば彩雲《あやぐも》の
まきてはひらく絵巻物《ゑまきもの》
手にとる酒は美酒《うまざけ》の
若き愁《うれひ》をたゝふめり

耳をたつれば歌神《うたがみ》の
きたりて玉《たま》の簫《ふえ》を吹き
口をひらけばうたびとの
一ふしわれはこひうたふ

あゝかくまでにあやしくも
熱きこゝろのわれなれど
われをし君のこひしたふ
その涙にはおよばじな

君がこゝろは

君がこゝろは蟋蟀《こほろぎ》の
風にさそはれ鳴くごとく
朝影清《あさかげきよ》き花草《はなぐさ》に
惜《を》しき涙をそゝぐらむ

それかきならす玉琴《たまごと》の
一つの糸のさはりさへ
君がこゝろにかぎりなき
しらべとこそはきこゆめれ

あゝなどかくは触れやすき
君が優しき心もて

かくばかりなる吾《わが》こひに
触れたまはぬぞ恨《うら》みなる

傘《かさ》のうち

二人《ふたり》してさす一張《ひとはり》の
傘に姿をつゝむとも
情《なさけ》の雨のふりしきり
かわく間《ま》もなきたもとかな

顔と顔とをうちよせて
あゆむとすればなつかしや
梅花《ばいくわ》の油黒髪《くろかみ》の
乱れて匂《にほ》ふ傘のうち

恋の一雨《ひとあめ》ぬれまさり
ぬれてこひしき夢の間《ま》や
染めてぞ燃ゆる紅絹《もみ》うらの
雨になやめる足まとひ

歌ふをきけば梅川よ
しばし情《なさけ》を捨てよかし
いづこも恋に戯《たはぶ》れて
それ忠兵衛《ちゆうべゑ》の夢がたり

こひしき雨よふらばふれ
秋の入日の照りそひて
傘の涙を乾《ほ》さぬ間《ま》に
手に手をとりて行きて帰らじ

秋に隠れて

わが手に植ゑし白菊の
おのづからなる時くれば
一もと花の暮陰《ゆふぐれ》に
秋に隠《かく》れて窓にさくなり

知るや君

こゝろもあらぬ秋鳥《あきどり》の
声にもれくる一ふしを
知るや君
深くも澄《す》める朝潮《あさじほ》の
底にかくるゝ真珠《しらたま》を
知るや君
あやめもしらぬやみの夜に
静《しづか》にうごく星くづを
知るや君
まだ弾《ひ》きも見ぬをとめごの
胸にひそめる琴の音《ね》を
知るや君

秋風の歌

さびしさはいつともわかぬ山里に
尾花みだれて秋かぜぞふく

しづかにきたる秋風の

西の海より吹き起り
舞ひたちさわぐ白雲《しらくも》の
飛びて行くへも見ゆるかな

暮影《ゆふかげ》高く秋は黄の
桐《きり》の梢の琴の音《ね》に
そのおとなひを聞くときは
風のきたると知られけり

ゆふべ西風《にしかぜ》吹き落ちて
あさ秋の葉の窓に入り
あさ秋風の吹きよせて
ゆふべの鶉《うづら》巣に隠る

ふりさけ見れば青山《あをやま》も
色はもみぢに染めかへて
霜葉《しもば》をかへす秋風の
空《そら》の明鏡《かがみ》にあらはれぬ

清《すず》しいかなや西風の
まづ秋の葉を吹けるとき
さびしいかなや秋風の
かのもみぢ葉《ば》にきたるとき

道を伝ふる婆羅門《ばらもん》の
西に東に散るごとく
吹き漂蕩《ただよは》す秋風に
飄《ひるがへ》り行く木《こ》の葉《は》かな

朝羽《あさば》うちふる鷲鷹《わしたか》の
明闇天《あけくれそら》をゆくごとく
いたくも吹ける秋風の
羽《はね》に声あり力あり

見ればかしこし西風の
山の木《こ》の葉をはらふとき
悲しいかなや秋風の
秋の百葉《ももは》を落すとき

人は利剣《つるぎ》を振《ふる》へども
げにかぞふればかぎりあり
舌は時世《ときよ》をのゝしるも
声はたちまち滅《ほろ》ぶめり

高くも烈《はげ》し野も山も
息吹《いぶき》まどはす秋風よ
世をかれ〴〵となすまでは
吹きも休《や》むべきけはひなし

あゝうらさびし天地《あめつち》の
壺《つぼ》の中《うち》なる秋の日や
落葉と共に飄《ひるがへ》る
風の行衛《ゆくへ》を誰《たれ》か知る

雲のゆくへ

庭にたちいでたゞひとり
秋海棠《しうかいだう》の花を分け
空ながむれば行く雲の
更《さら》に秘密を闡《ひら》くかな

小詩二首

一

ゆふぐれしづかに

　ゆめみんとて
よのわづらひより
　しばしのがる

きみよりほかには
　しるものなき
花かげにゆきて
　こひを泣きぬ

すぎこしゆめぢを
　おもひみるに
こひこそつみなれ
　つみこそこひ

いのりもつとめも
　このつみゆゑ
たのしきそのへと
　われはゆかじ

なつかしき君と
　てをたづさへ
くらき冥府《よみ》まで
　かけりゆかん

二

しづかにてらせる
　月のひかりの
などか絶間なく
　ものおもはする
さやけきそのかげ
　こゑはなくとも
みるひとの胸に
　忍び入るなり

なさけは説《と》くとも
　なさけをしらぬ
うきよのほかにも
　朽《く》ちゆくわがみ
あかさぬおもひと
　この月かげと
いづれか声なき
　いづれかなしき

強敵

一つの花に蝶《てふ》と蜘蛛《くも》
小蜘蛛は花を守《まも》り顔
小蝶は花に酔ひ顔に
舞へども〳〵すべぞなき

花は小蜘蛛のためならば
小蝶の舞《まひ》をいかにせむ
花は小蝶のためならば
小蜘蛛の糸をいかにせむ

やがて一つの花散りて
小蜘蛛はそこに眠れども
羽翼《つばさ》も軽き小蝶こそ
いづこともなくうせにけれ

別離

人妻をしたへる男の山に登り其《その》
女の家を望み見てうたへるうた

誰《たれ》かとどめん旅人《たびびと》の

あすは雲間《くもま》に隠るゝを
誰か聞くらん旅人の
あすは別れと告げましを

清《きよ》き恋とや片《かた》し貝《がひ》
われのみものを思ふより
恋はあふれて濁《にご》るとも
君に涙をかけましを

人妻《ひとづま》恋ふる悲しさを
君がなさけに知りもせば
せめてはわれを罪人《つみびと》と
呼びたまふこそうれしけれ

あやめもしらぬ憂《う》しや身は
くるしきこひの牢獄《ひとや》より
罪の鞭責《しもと》をのがれいで
こひて死なんと思ふなり

誰《たれ》かは花をたづねざる
誰かは色彩《いろ》に迷はざる
誰かは前にさける見て
花を摘《つ》まんと思はざる

恋の花にも戯《たはむ》るゝ
嫉妬《ねたみ》の蝶《てふ》の身ぞつらき
二つの羽《はね》もをれ〳〵て
翼《つばさ》の色はあせにけり

人の命を春の夜の
夢といふこそうれしけれ
夢よりもいやいや深き
われに思ひのあるものを

梅の花さくころほひは
蓮《はす》さかばやと思ひわび
蓮の花さくころほひは
萩《はぎ》さかばやと思ふかな

待つまも早く秋は来《き》て
わが踏む道に萩さけど
濁《にご》りて待てる吾恋《わがこひ》は
清き怨《うらみ》となりにけり

望郷

寺をのがれいでたる僧のうたひし
そのうた

いざさらば
これをこの世のわかれぞと
のがれいでては住みなれし
御寺《みてら》の蔵裏《くり》の白壁《しらかべ》の
眼にもふたたび見ゆるかな

いざさらば
住めば仏のやどりさへ
火炎《ほのほ》の宅《いへ》となるものを
なぐさめもなき心より
流れて落つる涙かな

いざさらば
心の油濁るとも
ともしびたかくかきおこし
なさけは熱くもゆる火の
こひしき塵《ちり》にわれは焼けなむ

二 ― 六人の処女《をとめ》

おえふ

処女《をとめ》ぞ経《へ》ぬるおほかたの
われは夢路《ゆめぢ》を越えてけり
わが世の坂にふりかへり
いく山河《やまかは》をながむれば

水静《みづしづ》かなる江戸川の
ながれの岸にうまれいで
岸の桜の花影《はなかげ》に
われは処女《をとめ》となりにけり

都鳥《みやこどり》　浮《う》く大川に
流れてそゝぐ川添《かはぞひ》の
白菫《しろすみれ》さく若草《わかぐさ》に
夢多かりし吾《わが》身かな

雲むらさきの九重《ここのへ》の
大宮内につかへして
清涼殿《せいりやうでん》の春の夜《よ》の
月の光に照らされつ

雲を彫《ちりば》め濤《なみ》を刻《ほ》り
霞《かすみ》をうかべ日をまねく
玉の台《うてな》の欄干《おばしま》に
かゝるゆふべの春の雨

さばかり高き人の世の
耀《かがや》くさまを目にも見て

ときめきたまふさま〴〵の
ひとのころもの香《か》をかげり

きらめき初《そ》むる暁星《あかぼし》の
あしたの空に動くごと
あたりの光きゆるまで
さかえの人のさまも見き

天《あま》つみそらを渡る日の
影かたぶけるごとくにて
名《な》の夕暮に消えて行く
秀《ひい》でし人の末路《はて》も見き

春しづかなる御園生《みそのふ》の
花に隠れて人を哭《な》き
秋のひかりの窓に倚《よ》り
夕雲とほき友を恋ふ

ひとりの姉をうしなひて
大宮内の門《かど》を出《い》で
けふ江戸川に来て見れば
秋はさみしきながめかな

桜の霜葉《しもは》黄に落ちて
ゆきてかへらぬ江戸川や
流れゆく水静《しづか》にて
あゆみは遅きわがおもひ

おのれも知らず世を経《ふ》れば
若き命《いのち》に堪へかねて
岸のほとりの草を藉《し》き
微笑《ほほゑ》みて泣く吾身かな

おきぬ

みそらをかける猛鷲《あらわし》の
人の処女《をとめ》の身に落ちて
花の姿に宿《やど》かれば
風雨《あらし》に渇《かわ》き雲に饑《う》ゑ
天翅《あまかけ》るべき術《すべ》をのみ
願ふ心のなかれとて
黒髪《くろかみ》長き吾身こそ
うまれながらの盲目《めしひ》なれ

芙《ふ》蓉《よう》を前《さき》の身とすれば
泪《なみだ》は秋の花の露
小《を》琴《ごと》を前《さき》の身とすれば
愁《うれひ》は細き糸の音
いま前《さき》の世は鷲の身の
処女にあまる羽翼《つばさ》かな

あゝあるときは吾心
あらゆるものをなげうちて
世はあぢきなき浅茅《あさぢ》生《ふ》の
茂れる宿《やど》と思ひなし
身は術《すべ》もなき蟋蟀《こほろぎ》の
夜《よる》の野《の》草《ぐさ》にはひめぐり
たゞいたづらに音《ね》をたてて
うたをうたふと思ふかな

色《いろ》にわが身をあたふれば
処女のこゝろ鳥となり
恋に心をあたふれば
鳥の姿は処女にて
処女ながらも空《そら》の鳥
猛鷲《あらわし》ながら人の身の

天《あめ》と地《つち》とに迷ひゐる
身の定めこそ悲しけれ

おさよ

潮《うしほ》さみしき荒磯《あらいそ》の
巌陰《いはかげ》われは生れけり

あしたゆふべの白駒《しろごま》と
故郷《ふるさと》遠きものおもひ

をかしくものに狂へりと
われをいふらし世のひとの

げに狂はしの身なるべき
この年までの処女《をとめ》とは

うれひは深く手もたゆく
むすぼほれたるわが思《おもひ》

流れて熱きわがなみだ
やすむときなきわがこゝろ

乱れてものに狂ひよる
心を笛の音《ね》に吹かん

笛をとる手は火にもえて
うちふるひけり十《とを》の指

音《ね》にこそ渇《かわ》け口唇《くちびる》の
笛を尋《たづ》ぬる風情《ふぜい》あり

はげしく深きためいきに

笛の小竹《をだけ》や曇るらん
髪は乱れて落つるとも
まづ吹き入るゝ気息《いき》を聴け
力をこめし一ふしに
黄楊《つげ》のさし櫛《ぐし》落ちにけり

吹けば流るゝ流るれば
笛吹き洗ふわが涙
短き笛の節《ふし》の間《ま》も
長き思《おもひ》のなからずや
七つの情《こころ》声を得て
音《ね》をこそきかめ歌神《うたがみ》も

われ喜《よろこび》を吹くときは
鳥も梢《こずゑ》に音《ね》をとゞめ
怒《いかり》をわれの吹くときは
瀬《せ》を行く魚も淵《ふち》にあり
われ哀《かなしみ》を吹くときは
獅子《しし》も涙をそゝぐらむ
われ楽《たのしみ》を吹くときは
虫も鳴く音《ね》をやめつらむ
愛のこゝろを吹くときは
流るゝ水のたち帰り
悪《にくみ》をわれの吹くときは
散り行く花も止《とゞま》りて

慾《よく》の思《おもひ》を吹くときは
心の闇《やみ》の響《ひびき》あり

うたへ浮世《うきよ》の一ふしは
笛の夢路のものぐるひ

くるしむなかれ吾《わが》友よ
しばしは笛の音《ね》に帰れ

落つる涙をぬぐひきて
静かにきゝね吾笛を

おくめ

こひしきまゝに家を出《い》で
こゝの岸よりかの岸へ
越えましものと来て見れば
千鳥鳴くなり夕まぐれ

こひには親も捨てはてて
やむよしもなき胸の火や
鬢《びん》の毛を吹く河風よ
せめてあはれと思へかし

河波《かはなみ》暗く瀬を早み
流れて巌《いは》に砕《くだ》くるも
君を思へば絶間なき
恋の火炎《ほのほ》に乾くべし

きのふの雨の小休《をやみ》なく
水《み》嵩《かさ》や高くまさるとも
よひ〳〵になくわがこひの

涙の滝におよばじな

しりたまはずやわがこひは
花鳥《はなとり》の絵にあらじかし
空鏡《かがみ》の印象《かたち》砂の文字
梢《こずゑ》の風の音にあらじ

しりたまはずやわがこひは
雄々《をを》しき君の手に触れて
嗚呼《ああ》口紅《くちべに》をその口に
君にうつさでやむべきや

恋は吾身の社《やしろ》にて
君は社の神なれば
君の祭壇《つくゑ》の上ならで
なににいのちを捧《ささ》げまし

砕《くだ》かば砕け河波《かはなみ》よ
われに命はあるものを
河波高く泳ぎ行き
ひとりの神にこがれなん

心のみかは手も足も
吾身はすべて火炎《ほのほ》なり
思ひ乱れて嗚呼恋の
千《ち》筋《すぢ》の髪の波に流るゝ

おつた

花仄見《ほのみ》ゆる春の夜の
すがたに似たる吾命《わがいのち》
朧々《おぼろおぼろ》に父母《ちちはは》は
二つの影と消えうせて

世に孤児《みなしご》の吾身こそ
影より出《い》でし影なれや
たすけもあらぬ今は身は
若き聖《ひじり》に救はれて
人なつかしき前髪《まへがみ》の
処女《をとめ》とこそはなりにけれ

若き聖《ひじり》のたまはく
時をし待たむ君ならば
かの柿の実をとるなかれ
かくいひたまふうれしさに
ことしの秋もはや深し
まづその秋を見よやとて
聖に柿をすゝむれば
その口唇《くちびる》にふれたまひ
かくも色よき柿ならば
などかは早くわれに告げこぬ

若き聖のたまはく
人の命の惜《を》しからば
嗚呼《ああ》かの酒を飲むなかれ
かくいひたまふうれしさに
酒なぐさめの一つなり
まづその春を見よやとて
聖に酒をすゝむれば
夢の心地に酔ひたまひ
かくも楽しき酒ならば
などかは早くわれに告げこぬ

若き聖のたまはく
道行き急ぐ君ならば
迷ひの歌をきくなかれ
かくいひたまふうれしさに
歌も心の姿なり

まづその声をきけやとて
一ふしうたひいでければ
聖は魂《たま》も酔ひたまひ
かくも楽しき歌ならば
などかは早くわれに告げこぬ

若き聖ののたまはく
まことをさぐる吾身なり
道の迷《まよひ》となるなかれ
かくいひたまふうれしさに
情《なさけ》も道の一つなり
かゝる思《おもひ》を見よやとて
わがこの胸に指ざせば
聖は早く恋ひわたり
かくも楽しき恋ならば
などかは早くわれに告げこぬ

それ秋の日の夕まぐれ
そゞろあるきのこゝろなく
ふと目に入るを手にとれば
雪より白き小石なり
若き聖ののたまはく
智恵の石とやこれぞこの
あまりに惜しき色なれば
人に隠して今も放《はな》たじ

おきく

くろかみながく
　やはらかき
をんなごころを
　たれかしる

をとこのかたる
　ことのはを
まこととおもふ
　ことなかれ
をとめごころの
　あさくのみ
いひもつたふる
　をかしさや
みだれてながき
　鬢《びん》の毛を
黄楊《つげ》の小《を》櫛《ぐし》に
　かきあげよ
あゝ月《つき》ぐさの
　きえぬべき

こひもするとは
　たがことば
こひて死なんと
　よみいでし
あつきなさけは
　誰《た》がうたぞ
みちのためには
　ちをながし
くにには死ぬる
　をとこあり
治兵衛はいづれ
　恋か名か
忠兵衛も名の
　ために果《は》つ

あゝむかしより
　こひ死にし
をとこのありと
　しるや君
をんなごころは
　いやさらに
ふかきなさけの
　こもるかな
小春はこひに
　ちをながし
梅川こひの
　ために死ぬ
お七はこひの
　ために焼け
高尾はこひの
　ために果つ
かなしからずや
　清姫は
蛇《へび》となれるも
　こひゆゑに
やさしからずや
　佐《さ》容《よ》姫《ひめ》は
石となれるも
　こひゆゑに
をとこのこひの
　たはぶれは
たびにすてゆく

なさけのみ
こひするなかれ
　をとめごよ
かなしむなかれ
　わがともよ
こひするときと
　かなしみと
いづれかながき
　いづれみじかき

三―生のあけぼの

草《くさ》枕《まくら》

夕波くらく啼《な》く千鳥
われは千鳥にあらねども
心の羽《はね》をうちふりて
さみしきかたに飛べるかな

若き心の一筋《ひとすぢ》に
なぐさめもなくなげきわび
胸の氷のむすぼれて
とけて涙となりにけり

蘆葉《あしは》を洗ふ白波の
流れて巌《いは》を出《い》づるごと
思ひあまりて草枕
まくらのかずの今いくつ

かなしいかなや人の身の
なきなぐさめを尋《たづ》ね佗《わ》び
道なき森に分け入りて
などなき道をもとむらん

われもそれかやうれひかや
野末《のずゑ》に山に谷蔭《たにかげ》に
見るよしもなき朝夕の
光もなくて秋暮れぬ

想《おもひ》も薄く身も暗く
残れる秋の花を見て
行くへもしらず流れ行く
水に涙の落つるかな

身を朝雲《あさぐも》にたとふれば
ゆふべの雲の雨となり
身を夕雨《ゆふあめ》にたとふれば
あしたの雨の風となる

されば落葉と身をなして
風に吹かれて飄《ひるがへ》り
朝の黄雲《きぐも》にともなはれ
夜《よる》白河を越えてけり

道なき今の身なればか
われは道なき野を慕ひ
思ひ乱れてみちのくの
宮城野《みやぎの》にまで迷ひきぬ

心の宿《やど》の宮城野よ
乱れて熱き吾《わが》身には
日影も薄く草枯れて
荒れたる野こそうれしけれ

ひとりさみしき吾耳は
吹く北風を琴と聴き
悲み深き吾目には
色彩《いろ》なき石も花と見き

あゝ孤独《ひとりみ》の悲痛《かなしさ》を
味《あぢは》ひ知れる人ならで
誰《たれ》にかたらん冬の日の
かくもわびしき野のけしき

都のかたをながむれば
空冬雲に覆《おほ》はれて
身にふりかゝる玉霰《たまあられ》
袖《そで》の氷と閉ぢあへり

みぞれまじりの風勁《つよ》く
小川の水の薄氷
氷のしたに音するは
流れて海に行く水か

啼《な》いて羽《は》風《かぜ》もたのもしく
雲に隠るゝかさゝぎよ
光もうすき寒空《さむぞら》の
汝《なれ》も荒れたる野にむせぶ

涙も凍る冬の日の
光もなくて暮れ行けば
人めも草も枯れはてて

ひとりさまよふ吾身かな

かなしや酔ふて行く人の
踏めばくづるゝ霜柱
なにを酔ひ泣く忍び音《ね》に
声もあはれのその歌は

うれしや物の音《ね》を弾《ひ》きて
野末をかよふ人の子よ
声調《しらべ》ひく手も凍りはて
なに門《かど》づけの身の果《はて》ぞ

やさしや年もうら若く
まだ初恋のまじりなく
手に手をとりて行く人よ
なにを隠るゝその姿

野のさみしさに堪へかねて
霜と霜との枯草の
道なき道をふみわけて
きたれば寒し冬の海

朝は海辺《うみべ》の石の上《へ》に
こしうちかけてふるさとの
都のかたを望めども
おとなふものは濤《なみ》ばかり

暮はさみしき荒磯《あらいそ》の
潮《うしほ》を染めし砂に伏し
日の入るかたをながむれど
湧《わ》きくるものは涙のみ

さみしいかなや荒波の
岩に砕《くだ》けて散れるとき

かなしいかなや冬の日の
潮《うしほ》とともに帰るとき

誰《たれ》か波路を望み見て
そのふるさとを慕はざる
誰か潮の行くを見て
この人の世を惜《をし》まざる

暦《こよみ》もあらぬ荒磯の
砂路にひとりさまよへば
みぞれまじりの雨雲の
落ちて潮《うしほ》となりにけり

遠く湧きくる海の音《おと》
慣れてさみしき吾耳に
怪しやもるゝものの音《ね》は
まだうらわかき野路の鳥

嗚呼《ああ》めづらしのしらべぞと
声のゆくへをたづぬれば
緑の羽《はね》もまだ弱き
それも初音《はつね》か鶯《うぐひす》の

春きにけらし春よ春
まだ白雪の積れども
若菜の萌《も》えて色青き
こゝちこそすれ砂の上《へ》に

春きにけらし春よ春
うれしや風に送られて
きたるらしとや思へばか
梅が香《か》ぞする海の辺《べ》に

磯辺に高き大巌《おほいは》の

うへにのぼりてながむれば
春やきぬらん東雲《しののめ》の
潮《しほ》の音《ね》遠き朝ぼらけ

春

一　たれかおもはむ

たれかおもはむ鶯《うぐひす》の
涙もこほる冬の日に
若き命は春の夜の
花にうつろふ夢の間《ま》と
あゝよしさらば美酒《うまざけ》に
うたひあかさん春の夜を

梅のにほひにめぐりあふ
春を思へばひとしれず
からくれなゐのかほばせに
流れてあつきなみだかな
あゝよしさらば花影に
うたひあかさん春の夜を

わがみひとつもわすられて
おもひわづらふこゝろだに
春のすがたをとめくれば
たもとににほふ梅の花
あゝよしさらば琴の音《ね》に
うたひあかさん春の夜を

二　あけぼの

紅《くれなゐ》細くたなびける
雲とならばやあけぼのの

雲とならばや

やみを出《い》でては光ある
空とならばやあけぼのの
空とならばや

春の光を彩《いろど》れる
水とならばやあけぼのの
水とならばや

鳩《はと》に履《ふ》まれてやはらかき
草とならばやあけぼのの
草とならばや

三　春は来ぬ

春はきぬ
春はきぬ
初音《はつね》やさしきうぐひすよ
こぞに別離《わかれ》を告げよかし
谷間に残る白雪よ
葬《はうむ》りかくせ去歳《こぞ》の冬

春はきぬ
春はきぬ
さみしくさむくことばなく
まづしくくらくひかりなく
みにくゝおもくちからなく
かなしき冬よ行きねかし

春はきぬ
春はきぬ
浅みどりなる新草《にひぐさ》よ
とほき野面《のもせ》を画《ゑが》けかし

さきては紅《あか》き春花《はるばな》よ
樹々《きぎ》の梢《こずゑ》を染めよかし

春はきぬ
　春はきぬ
霞《かすみ》よ雲よ動《ゆる》ぎいで
氷れる空をあたゝめよ
花の香《か》おくる春風よ
眠れる山を吹きさませ

春はきぬ
　春はきぬ
春をよせくる朝汐《あさじほ》よ
蘆《あし》の枯葉《かれは》を洗ひ去れ
霞に酔へる雛鶴《ひなづる》よ
若きあしたの空に飛べ

春はきぬ
　春はきぬ
うれひの芹《せり》の根を絶えて
氷れるなみだ今いづこ
つもれる雪の消えうせて
けふの若菜と萌《も》えよかし

四　眠れる春よ

ねむれる春ようらわかき
かたちをかくすことなかれ
たれこめてのみけふの日を
なべてのひとのすぐすまに
さめての春のすがたこそ
また夢のまの風情《ふぜい》なれ

ねむげの春よさめよ春

さかしきひとのみざるまに
若紫の朝霞《あさがすみ》
かすみの袖《そで》をみにまとへ
はつねうれしきうぐひすの
鳥のしらべをうたへかし

ねむげの春よさめよ春
ふゆのこほりにむすぼれし
ふるきゆめぢをさめいでて
やなぎのいとのみだれがみ
うめのはなぐしさしそへて
びんのみだれをかきあげよ

ねむげの春よさめよ春
あゆめばたにの早《さ》わらびの
したもえいそぐ汝《な》があしを
たかくもあげよあゆめ春
たえなるはるのいきを吹き
こぞめの梅の香ににほへ

五　うてや鼓

うてや鼓《つづみ》の春の音
雪にうもるゝ冬の日の
かなしき夢はとざされて
世は春の日とかはりけり
ひけばこぞめの春霞《はるがすみ》
かすみの幕をひきとぢて
花と花とをぬふ糸は
けさもえいでしあをやなぎ
霞のまくをひきあけて
春をうかゞふことなかれ

はなさきにほふ蔭《かげ》をこそ
春の台《うてな》といふべけれ
小《こ》蝶《てふ》よ花にたはぶれて
優しき夢をみては舞ひ
酔《ゑ》ふて羽《は》袖《そで》もひら〳〵と
はるの姿をまひねかし

緑のはねのうぐひすよ
梅の花笠《はなかさ》ぬひそへて
ゆめ静《しづか》なるはるの日の
しらべを高く歌へかし

小詩

くめどつきせぬ
わかみづを
きみとくまゝし
かのいづみ

かわきもしらぬ
わかみづを
きみとのまゝし
かのいづみ

かのわかみづと
みをなして
はるのこゝろに
わきいでん

かのわかみづと
みをなして
きみとながれん

花のかげ

明星

浮べる雲と身をなして
あしたの空に出でざれば
などしるらめや明星の
光の色のくれなゐを

朝の潮《うしほ》と身をなして
流れて海に出でざれば
などしるらめや明星の
清《す》みて哀《かな》しききらめきを

なにかこひしき暁星《あかぼし》の
空《むな》しき天《あま》の戸を出でて
深くも遠きほとりより
人の世近く来《きた》るとは

潮《うしほ》の朝のあさみどり
水底《みなそこ》深き白石を
星の光に透《す》かし見て
朝の齢《よはひ》を数ふべし

野の鳥ぞ啼《な》く山河《やまかは》も
ゆふべの夢をさめいでて
細く棚引《たなび》くしののめの
姿をうつす朝ぼらけ

小夜《さよ》には小夜のしらべあり
朝には朝の音《ね》もあれど
星の光の糸の緒《を》に
あしたの琴《こと》は静《しづか》なり

まだうら若き朝の空
きらめきわたる星のうち
いといと若き光をば
名《なづ》けましかば明星と

潮音

わきてながるゝ
やほじほの
そこにいざよふ
うみの琴
しらべもふかし
もゝかはの
よろづのなみを
よびあつめ
ときみちくれば
うらゝかに
とほくきこゆる
はるのしほのね

酔歌

旅と旅との君や我
君と我とのなかなれば
酔ふて袂《たもと》の歌草《うたぐさ》を
醒《さ》めての君に見せばやな
若き命も過ぎぬ間《ま》に
楽しき春は老いやすし
誰《た》が身にもてる宝《たから》ぞや
君くれなゐのかほばせは

君がまなこに涙あり
君が眉《まゆ》には憂愁《うれひ》あり
堅《かた》く結べるその口に
それ声も無きなげきあり

名もなき道を説《と》くなかれ
名もなき旅を行くなかれ
甲斐《かひ》なきことをなげくより
来《きた》りて美《うま》き酒に泣け

光もあらぬ春の日の
独りさみしきものぐるひ
悲しき味の世の智恵に
老いにけらしな旅人よ

心の春の燭火《ともしび》に
若き命を照らし見よ
さくまを待たで花散らば
哀《かな》しからずや君が身は

わきめもふらで急ぎ行く
君の行衛《ゆくへ》はいづこぞや
琴花酒《ことはなさけ》のあるものを
とゞまりたまへ旅人よ

二つの声

朝

たれか聞くらん朝の声
眠《ねむり》と夢を破りいで
彩《あや》なす雲にうちのりて

よろづの鳥に歌はれつ
天のかなたにあらはれて
東の空に光あり
そこに時《とき》あり始《はじめ》あり
そこに道あり力あり
そこに色あり詞《ことば》あり
そこに声あり命あり
そこに名ありとうたひつゝ
みそらにあがり地にかけり
のこんの星ともろともに
光のうちに朝ぞ隠るゝ

暮

たれか聞くらん暮の声
霞《かすみ》の翼《つばさ》雲の帯
煙の衣《ころも》露の袖《そで》

つかれてなやむあらそひを
闇《やみ》のかなたに投げ入れて
夜の使《つかひ》の蝙蝠の
飛ぶ間も声のをやみなく
こゝに影あり迷《まよひ》あり
こゝに夢あり眠《ねむり》あり
こゝに闇あり休息《やすみ》あり
こゝに永《なが》きあり遠きあり
こゝに死ありとうたひつゝ
草木にいこひ野にあゆみ
かなたに落つる日とともに
色なき闇に暮ぞ隠るゝ

哀歌

中野逍遥《せうえう》をいたむ

『秀才香骨幾人憐、秋入長安夢愴然、琴台旧譜壚《ろ》前柳、風流銷尽《きえつくす》二千年』、これ中野逍遥が秋怨十絶《しうゑんじふぜつ》の一なり。逍遥字《あざな》は威卿、小字重太郎、予州宇和島の人なりといふ。文科大学の異材なりしが年僅《わづ》かに二十七にしてうせぬ。逍遥遺稿正外二篇、みな紅心の余唾にあらざるはなし。左に掲ぐるはかれの清怨を写せしもの、『寄語残月休長嘆、我輩亦是艶生涯』、合せかゝげてこの秀才を追慕するのこころをとゞむ。

思君九首　　中野逍遥

思君我心傷　思君我容瘁
中夜坐松蔭　露華多似涙
思君我心悄　思君我腸裂
昨夜涕涙流　今朝尽成血
示君錦字詩　寄君鴻文冊
忽覚筆端香　窗外梅花白
為君調綺羅　為君築金屋
中有鴛鴦図　長春夢百禄
贈君名香篋　応記韓寿恩
休将秋扇掩　明月照眉痕

贈君双臂環　宝玉価千金
一鐫不乖約　一題勿変心
訪君過台下　清宵琴響揺
佇門不敢入　恐乱月前調
千里囀金鶯　春風吹緑野
忽発頭屋桃　似君三両朶
嬌影三分月　芳花一朶梅
潭把花月秀　作君玉膚堆

かなしいかなや流れ行く
水になき名をしるすとて
今はた残る歌反古《うたほご》の
ながき愁《うれ》ひをいかにせむ

かなしいかなやする墨《すみ》の
いろに染めてし花の木の
君がしらべの歌の音に
薄き命のひゞきあり

かなしいかなや前《さき》の世は
みそらにかゝる星の身の
人の命のあさぼらけ
光も見せでうせにしよ

かなしいかなや同じ世に
生れいでたる身を持ちて
友の契《ちぎ》りも結ばずに
君は早くもゆけるかな

すゞしき眼《まなこ》つゆを帯び

葡萄《ぶだう》のたまとまがふまで
その面影《おもかげ》をつたへては
あまりに妬《ねた》き姿かな

同じ時世《ときよ》に生れきて
同じいのちのあさぼらけ
君からくれなゐの花は散り
われ命あり八重葎《やへむぐら》

かなしいかなやうるはしく
さきそめにける花を見よ
いかなればかくとゞまらで
待たで散るらんさける間《ま》も

かなしいかなやうるはしき
なさけもこひの花を見よ
いといと清きそのこひは
消ゆとこそ聞けいと早く

君し花とにあらねども
いな花よりもさらに花
君しこひとにあらねども
いなこひよりもさらにこひ

かなしいかなや人の世に
あまりに惜しき才《ざえ》なれば
病《やまひ》に塵《ちり》に悲《かなしみ》に
死にまでそしりねたまるゝ

かなしいかなやはたとせの
ことばの海のみなれ棹《ざを》
磯《いそ》にくだくる高潮《たかじほ》の
うれひの花とちりにけり

かなしいかなや人の世の
きづなも捨てて嘶《いなな》けば
つきせぬ草に秋は来て
声も悲しき天の馬

かなしいかなや音《ね》を遠み
流るゝ水の岸にさく
ひとつの花に照らされて
飄《ひるがへ》り行く一葉《ひとは》舟《ぶね》

四―深林の逍《せう》遥《えう》、其《その》他《た》

深林の逍遥

力を刻《きざ》む木匠《こだくみ》の
うちふる斧《をの》のあとを絶え
春の草花彫刻《くさばなほりもの》の
鑿《のみ》の韻《にほひ》もとゞめじな
いろさま〴〵の春の葉に
青一筆《あをひとふで》の痕《あと》もなく
千枝《ちえ》にわかるゝ赤樟《あかくす》も
おのづからなるすがたのみ
檜《ひのき》は荒し杉直し
五葉は黒し椎《しひ》の木の

枝をまじゆる白樫《しらかし》や
樗《あふち》は茎をよこたへて
枝と枝とにもゆる火の
なかにやさしき若楓《わかかへで》

山《やま》精《びこ》

ひとにしられぬ
たのしみの
ふかきはやしを
たれかしる

ひとにしられぬ
はるのひの
かすみのおくを
たれかしる

木《こ》精《だま》

はなのむらさき
はのみどり
うらわかぐさの
のべのいと

たくみをつくす
大機《おほはた》の
梭《をさ》のはやしに
きたれかし

山精

かのもえいづる
くさをふみ
かのわきいづる
みづをのみ

かのあたらしき
はなにゑひ
はるのおもひの
なからずや

木　精

ふるきころもを
ぬぎすてて
はるのかすみを
まとへかし
なくうぐひすの
ねにいでて
ふかきはやしに
うたへかし

あゆめば蘭《らん》の花を踏み
ゆけば楊梅《やまもも》袖《そで》に散り
袂《たもと》にまとふ山葛《やまくず》の
葛のうら葉をかへしては
女蘿《ひかげ》の蔭《かげ》のやまいちご
色よき実こそ落ちにけれ
岡やまつゞき隈々《くまぐま》も
いとなだらかに行き延《の》びて
ふかきはやしの谷あひに
乱れてにほふふぢばかま
谷に花さき谷にちり
人にしられず朽《く》つるめり
せまりて暗き峡《はざま》より
やゝひらけたる深《み》山木《やまぎ》の
春は小《こ》枝《えだ》のたゝずまひ
しげりて広き熊笹《くまざさ》の
葉末をふかくかきわけて

谷のかなたにきて見れば
いづくに行くか滝川よ
声もさびしや白糸の
青き巌《いはほ》に流れ落ち
若き猿《ましら》のためにだに
音《おと》をとゞむる時ぞなき

山精

ゆふぐれかよふ
たびびとの
むねのおもひを
たれかしる
友にもあらぬ
やまかはの
はるのこゝろを
たれかしる

木精

夜《よ》をなきあかす
かなしみの
まくらにつたふ
なみだこそ
ふかきはやしの
たにかげの
そこにながるゝ
しづくなれ

山精

鹿《しか》はたふるゝ
たびごとに
妻こふこひに

かへるなり
のやまは枯るゝ
たびごとに
ちとせのはるに
かへるなり

木精

ふるきおちばを
やはらかき
青葉のかげに
葬《はうむ》れよ

ふゆのゆめぢを
さめいでて
はるのはやしに
きたれかし

今しもわたる深《み》山《やま》かぜ
春はしづかに吹きかよふ
林の簫《せう》の音《ね》をきけば
風のしらべにさそはれて
みれどもあかぬ白妙《しろたへ》の
雲の羽《は》袖《そで》の深山木の
千《ち》枝《えだ》にかゝりたちはなれ
わかれ舞ひゆくすがたかな
樹《き》々《ぎ》をわたりて行く雲の
しばしと見ればあともなき
高き行衛《ゆくへ》にいざなはれ
千々にめぐれる巌影《いはかげ》の
花にも迷ひ石に倚《よ》り
流るゝ水の音をきけば
山は危ふく石わかれ
削《けづ》りてなせる青巌《あをいは》に

砕けて落つる飛潭《たきみづ》の
湧《わ》きくる波の瀬を早み
花やかにさす春の日の
光烱《ひかり》照りそふ水けぶり
独り苔《こけ》むす岩を攀《よ》ぢ
ふるふあゆみをふみしめて
浮べる雲をうかゞへば
下にとゞろく飛潭《たきみづ》の
澄むいとまなき岩波は
落ちていづくに下るらん

山精

なにをいざよふ
むらさきの
ふかきはやしの
はるがすみ
なにかこひしき
いはかげを
ながれていづる
いづみがは

木精

かくれてうたふ
野の山の
こゑなきこゑを
きくやきみ
つゝむにあまる
はなかげの
水のしらべを
しるやきみ

山精

あゝながれつゝ
こがれつゝ
うつりゆきつゝ
うごきつゝ

あゝめぐりつゝ
かへりつゝ
うちわらひつゝ
むせびつゝ

木精

いまひのひかり
はるがすみ
いまはなぐもり
はるのあめ

あゝあゝはなの
つゆに酔ひ
ふかきはやしに
うたへかし

ゆびをりくればいつたびも
かはれる雲をながむるに
白きは黄なりなにをかも
もつ筆にせむ色彩《いろあや》の
いつしか淡く茶を帯びて
雲くれなゐとかはりけり
あゝゆふまぐれわれひとり
たどる林もひらけきて
いと静かなる湖の
岸辺にさける花躑躅《はなつつじ》
うき雲ゆけばかげ見えて

水に沈める春の日や
それ紅《くれなゐ》の色染めて
雲紫《むらさき》となりぬれば
かげさへあかき水鳥の
春のみづうみ岸の草
深き林や花つゝじ
迷ふひとりのわがみだに
深紫《ふかむらさき》の紅《くれなゐ》の
彩《あや》にうつろふ夕まぐれ

母を葬《はうむ》るのうた

うき雲はありともわかぬ大空の
　月のかげよりふるしぐれかな

きみがはかばに
　きゞくあり
きみがはかばに
　さかきあり
くさはにつゆは
　しげくして
おもからずやは
　そのしるし
いつかねむりを
　さめいでて
いつかへりこん
　わがはゝよ
紅羅《あから》ひく子も
　ますらをも
みなちりひぢと

　なるものを
あゝさめたまふ
　ことなかれ
あゝかへりくる
　ことなかれ
はるははなさき
　はなちりて
きみがはかばに
　かゝるとも
なつはみだるゝ
　ほたるびの
きみがはかばに
　とべるとも

あきはさみしき
　あきさめの
きみがはかばに
　そゝぐとも
ふゆはましろに
　ゆきじもの
きみがはかばに
　こほるとも
とほきねむりの
　ゆめまくら
おそるゝなかれ
　わがはゝよ

合唱

一　暗《あん》香《かう》

はるのよはひかりはかりとおもひしを
　しろきやうめのさかりなるらむ

姉

わかきいのちの
　をしければ
やみにも春の
　香《か》に酔はん
せめてこよひは
　さほひめよ
はなさくかげに
　うたへかし

妹

そらもゑへりや
　はるのよは
ほしもかくれて
　みえわかず
よめにもそれと
　ほのしろく
みだれてにほふ
　うめのはな

姉

はるのひかりの
　こひしさに

かたちをかくす
　うぐひすよ
はなさへしるき
　はるのよの
やみをおそるゝ
　ことなかれ

妹

うめをめぐりて
　ゆくみづの
やみをながるゝ
　せゝらぎや
ゆめもさそはぬ
　香《か》なりせば
いづれかよるに
　にほはまし

姉

こぞのこよひは
　わがともの
うすこうばいの
　そめごろも
ほかげにうつる
　さかづきを
こひのみゑへる
　よなりけり

妹

こぞのこよひは
　わがともの
なみだをうつす

よのなごり
かげもかなしや
木《き》下《ね》川《がは》に
うれひしづみし
よなりけり

姉

こぞのこよひは
わがともの
おもひははるの
よのゆめや
よをうきものに
いでたまふ
ひとめをつゝむ
よなりけり

妹

こぞのこよひは
わがともの
そでのかすみの
はなむしろ
ひくやことのね
たかじほを
うつしあはせし
よなりけり

姉

わがみぎのてに
くらぶれば
やさしきなれが
たなごころ

ふるればいとゞ
　やはらかに
もゆるかあつく
　おもほゆる

妹

もゆるやいかに
　こよひはと
とひたまふこそ
　うれしけれ
しりたまはずや
　うめがかに
わがうまれてし
　はるのよを

二　蓮花《れんげ》舟《ぶね》

しは〳〵もこほるゝつゆははちすはの
　うきはにのみもたまりけるかな

姉

あゝはすのはな
　はすのはな
かげはみえけり
　いけみづに
ひとつのふねに
　さをさして
うきはをわけて
　こぎいでん

妹

かぜもすゞしや
　　はがくれに
そこにもしろし
　　はすのはな
こゝにもあかき
　　はすばなの
みづしづかなる
　　いけのおも

姉

はすをやさしみ
　　はなをとり
そでなひたしそ
　　いけみづに

ひとめもはぢよ
　　はなかげに
なれが乳房《ちぶさ》の
　　あらはるゝ

妹

ふかくもすめる
　　いけみづの
葉にすれてゆく
　　みなれざを
なつぐもゆけば
　　かげみえて
はなよりはなを
　　わたるらし

姉

荷葉《はすは》にうたひ
　ふねにのり
はなつみのする
　なつのゆめ

はすのはなふね
　さをとめて
なにをながむる
　そのすがた

妹

なみしづかなる
　はなかげに
きみのかたちの
　うつるかな

きみのかたちと
　なつばなと
いづれうるはし
　いづれやさしき

三　葡萄《ぶだう》の樹《き》のかげ

はるあきにおもひみたれてわきかねつ
ときにつけつゝうつるこゝろは

妹

たのしからずや
　はなやかに
あきはいりひの
　てらすとき

たのしからずや
　ぶだうばの
はごしにくもの
　かよふとき

姉

やさしからずや
　むらさきの
ぶだうのふさの
　かゝるとき
やさしからずや
　にひぼしの
ぶだうのたまに
　うつるとき

妹

かぜはしづかに
　そらすみて
あきはたのしき
　ゆふまぐれ
いつまでわかき
　をとめごの
たのしきゆめの
　われらぞや

姉

あきのぶだうの
　きのかげの
いかにやさしく
　ふかくとも

てにてをとりて
　かげをふむ
なれとわかれて
　なにかせむ

妹

げにやかひなき
　くりごとも
ぶだうにしかじ
　ひとふさの
われにあたへよ
　ひとふさを
そこにかゝれる
　むらさきの

姉

われをしれかし
　えだたかみ
とゞかじものを
　かのふさは
はかげのたまに
　てはふれて
わがさしぐしの
　おちにけるかな

四　高《たか》楼《どの》

わかれゆくひとををしむとこよひより
　とほきゆめちにわれやまとはん

妹

とほきわかれに
　たへかねて
このたかどのに
　のぼるかな
かなしむなかれ
　わがあねよ
たびのころもを
　とゝのへよ

姉

わかれといへば
　むかしより
このひとのよの
　つねなるを
ながるゝみづを
　ながむれば
ゆめはづかしき
　なみだかな

妹

したへるひとの
　もとにゆく
きみのうへこそ
　たのしけれ
ふゆやまこえて
　きみゆかば
なにをひかりの
　わがみぞや

姉

あゝはなとりの
　いろにつけ
ねにつけわれを
　おもへかし
けふわかれては
　いつかまた
あひみるまでの
　いのちかも

妹

きみがさやけき
　めのいろも
きみくれなゐの
　くちびるも
きみがみどりの
　くろかみも
またいつかみん
　このわかれ

姉

なれがやさしき
　なぐさめも
なれがたのしき
　うたごゑも

妹

なれがこゝろの
　ことのねも
またいつきかん
　このわかれ

妹

きみのゆくべき
　やまかはは
おつるなみだに
　みえわかず

そでのしぐれの
　ふゆのひに
きみにおくらん
　はなもがな

姉

そでにおほへる
　うるはしき
ながかほばせを
　あげよかし

ながくれなゐの
　かほばせに
ながるゝなみだ
　われはぬぐはん

梭《をさ》の音《ね》

梭の音を聞くべき人は今いづこ
心を糸により初《そ》めて
涙ににじむ木棉縞《もめんじま》
やぶれし窗《まど》に身をなげて
暮れ行く空をながむれば
ねぐらに急ぐ村鴉《むらがらす》
連《つれ》にはなれて飛ぶ一羽
あとを慕ふてかあ〱と

かもめ

波に生れて波に死ぬ
情《なさけ》の海のかもめどり
恋の激浪《おほなみ》たちさわぎ
夢むすぶべきひまもなし

闇《くら》き潮《うしほ》の驚きて
流れて帰るわだつみの
鳥の行衛《ゆくへ》も見えわかぬ
波にうきねのかもめどり

流星

門《かど》にたち出《い》でたゞひとり
人待ち顔のさみしさに
ゆふべの空をながむれば
雲の宿りも捨てはてて
何かこひしき人の世に
流れて落つる星一つ

君と遊ばん

君と遊ばん夏の夜の
青葉の影の下すゞみ
短かき夢は結ばずも
せめてこよひは歌へかし

雲となりまた雨となる
昼の愁《うれ》ひはたえずとも

星の光をかぞへ見よ
楽《たのし》みのかず夜《よ》は尽きじ
夢かうつゝか天《あま》の川《がは》
星に仮寝の織姫の
ひゞきもすみてこひわたる
梭《をさ》の遠音《とほね》を聞かめやも

昼の夢

花橘《はなたちばな》の袖《そで》の香《か》の
みめうるはしきをとめごは
真《ま》昼《ひる》に夢を見てしより
さめて忘るゝ夜のならひ
白日《まひる》の夢のなぞもかく
忘れがたくはありけるものか
ゆめと知りせばなまなかに
さめざらましを世に出《い》でて
うらわかぐさのうらわかみ
何をか夢の名残《なごり》ぞと
問はゞ答へん目さめては
熱き涙のかわく間もなし

東西南北

男ごころをたとふれば
つよくもくさをふくかぜか
もとよりかぜのみにしあれば
きのふは東けふは西

女ごころをたとふれば

かぜにふかるゝくさなれや
もとよりくさのみにしあれば
きのふは南けふは北

懐古

天《あま》の河原《かはら》にやほよろづ
ちよろづ神のかんつどひ
つどひいませしあめつちの
始《はじめ》のときを誰《たれ》か知る

それ大神《おほがみ》の天雲《あまぐも》の
八重かきわけて行くごとく
野の鳥ぞ啼《な》く東路《あづまぢ》の
碓氷《うすひ》の山にのぼりゆき

日は照らせども影ぞなき
吾妻はやとこひなきて
熱き涙をそゝぎてし
尊《みこと》の夢は跡も無し

大和《やまと》の国の高市《たかいち》の
雷山《いかづちやま》に御幸《みゆき》して
天雲《あまぐも》のへにいほりせる
御輦《くるま》のひゞき今いづこ

目をめぐらせばさゞ波や
志賀の都は荒れにしと
むかしを思ふ歌人《うたひと》の
澄める怨《うらみ》をなにかせん

春は霞《かす》める高台《たかどの》に
のぼりて見ればけぶり立つ

民のかまどのながめさへ
消えてあとなき雲に入る

冬はしぐるゝ九重《ここのへ》の
大宮内のともしびや
さむさは雪に凍る夜の
竜《たつ》のころもはいろもなし

むかしは遠き船いくさ
人の血《ち》潮《しほ》の流るとも
今はむなしきわだつみの
まん〳〵としてきはみなし

むかしはひろき関が原
つるぎに夢を争へど
今は寂《さび》しき草のみぞ
ばう〳〵としてはてもなき

われ今《いま》秋の野にいでて
奥山《おくやま》高くのぼり行き
都のかたを眺《なが》むれば
あゝあゝ熱きなみだかな

白《しら》壁《かべ》

たれかしるらん花ちかき
高楼《たかどの》われはのぼりゆき
みだれて熱きくるしみを
うつしいでけり白壁に

唾《つば》にしるせし文字なれば
ひとしれずこそ乾きけれ
あゝあゝ白き白壁に

わがうれひありなみだあり

四つの袖《そで》

をとこの気息《いき》のやはらかき
お夏の髪にかゝるとき
をとこの早きためいきの
霰《あられ》のごとくはしるとき

をとこの熱き手の掌《ひら》の
お夏の手にも触るゝとき
をとこの涙ながれいで
お夏の袖にかゝるとき

をとこの黒き目のいろの
お夏の胸に映るとき
をとこの紅《あか》き口唇《くちびる》の
お夏の口にもゆるとき

人こそしらね嗚呼《ああ》恋の
ふたりの身より流れいで
げにこがるれど慕へども
やむときもなき清十郎

天馬

序

老《おい》は若《わかき》は越《こ》しかたに
文《ふみ》に照らせどまれらなる
奇《く》しきためしは箱根山
弥生《やよひ》の末のゆふまぐれ

南の天《あま》の戸《と》をいでて
よな〳〵北の宿に行く
血の深紅《くれなゐ》の星の影
かたくなりし男さへ
星の光を眼に見ては
身にふりかゝる凶禍《まがごと》の
天の兆《しるし》とうたがへり
総鳴《そうなき》に鳴く鶯《うぐひす》の
にほひでたる声をあげ
さへづり狂ふ音《ね》をきけば
げにめづらしき春の歌
春を得知らぬ処女《をとめ》さへ
かのうぐひすのひとこゑに
枕《まくら》の紙のしめりきて
人なつかしきおもひあり
まだ時ならぬ白百合《しらゆり》の
籬《まがき》の陰にさける見て

九十九《つくも》の翁《おきな》うつし世の
こゝろの慾《よく》の夢を恋ひ
音《ね》をだにきかぬ雛鶴《ひなづる》の
軒《のき》の榎樹《えのき》に来て鳴けば
寝覚《ねざめ》の老嫗《おうな》後の世の
花の台《うてな》に泣きまどふ
空にかゝれる星のいろ
春さきかへる夏花《なつはな》や
是《これ》わざはひにあらずして
よしや兆《しるし》といへるあり
なにを酔ひ泣く春鳥《はるどり》よ
なにを告げくる鶴の声
それ鳥の音《ね》に卜《うらな》ひて
よろこびありと祝ふあり
高き聖《ひじり》のこの村に
声をあげさせたまふらん
世を傾ける麗人《よきひと》の

茂れる賤《しづ》の春草《はるぐさ》に
いでたまふかとのゝしれど
誰《たれ》かしるらん新星《にひぼし》の
まことの北をさししめし
さみしき蘆《あし》の湖《みづうみ》の
沈める水に映《う》つるとき
名もなき賤の片びさし
春の夜風の音を絶え
村の南のかたほとり
その夜生れし牝《め》の馬は
流るゝ水の藍染《あゐぞめ》の
青毛《あをげ》やさしき姿なり
北に生れし雄《を》の馬の
栗毛《くりげ》にまじる紫は
色あけぼのの春霞
光をまとふ風情《ふぜい》あり
星のひかりもをさまりて
噂《うはさ》に残る鶴の音や
啼《な》く鶯に花ちれば
嗚呼《ああ》この村に生れてし
馬のありとや問ふ人もなし

雄《を》馬《うま》

あな天雲《あまぐも》にともなはれ
緑の髪をうちふるひ
雄馬は人に随《したが》ひて
箱根の嶺《みね》を下《くだ》りけり
胸は踴《をど》りて八百潮《やほじほ》の
かの蒼溟《わだつみ》に湧《わ》くごとく
喉《のど》はよせくる春濤《はるなみ》を
飲めども渇《かわ》く風情あり
目はひさかたの朝の星
睫毛《まつげ》は草の浅緑《あさみどり》

うるほひ光る眼瞳《ひとみ》には
千《ち》里《さと》の外《ほか》もほがらにて
東に照らし西に入る
天《あま》つみそらを渡る日の
朝日夕日の行衛《ゆくへ》さへ
雲の絶間に極むらん
二つの耳をたとふれば
いと幽《かすか》なる朝風に
そよげる草の葉のごとく
蹄《ひづめ》の音をたとふれば
紫《し》金《こん》の色のやきがねを
高くも叩《たた》く響《ひびき》あり
狂へば長き鬣《たてがみ》の
うちふりうちふる乱れ髪
燃えてはめぐる血の潮《しほ》の
流れて踴《をど》る春の海
噴《は》く紅《くれなゐ》の光には

火炎《ほのほ》の気息《いき》もあらだちて
深くも遠き嘶声《いななき》は
大神《おほがみ》の住む梁《うつばり》の
塵《ちり》を動かす力あり
あゝ朝鳥《あさとり》の音をきゝて
富士の高根の雪に鳴き
夕つげわたる鳥の音に
木曾の御《み》嶽《たけ》の巌《いは》を越え
かの青雲《あをくも》に嘶《いなな》きて
天《そら》より天《そら》の電影《いなづま》の
光の末に隠るべき
雄馬の身にてありながら
なさけもあつくなつかしき
主人《あるじ》のあとをとめくれば
箱根も遠し三井寺や
日も暖《あたたか》に花深く
さゝなみ青き湖の

岸の此彼草《こちごち》を行く
天の雄馬のすがたをば
誰かは思ひ誰か知る
しらずや人の天雲《あまぐも》に
歩むためしはあるものを
天馬の下《お》りて大土《おほつち》に
歩むためしのなからめや
見よ藤の葉の影深く
岸の若草香《か》にいでて
春花に酔ふ蝶《てふ》の夢
そのかげを履《ふ》む雄馬には
一つの紅《あか》き春花《はるはな》に
見えざる神の宿《やどり》あり
一つうつろふ野の色に
つきせぬ天のうれひあり
嗚呼鷲鷹《わしたか》の飛ぶ道に
高く懸《かか》れる大空の
無限《むげん》の絃《つる》に触れて鳴り
男神女神《をがみめがみ》に戯《たはむ》れて
照る日の影の雲に鳴き
空に流るゝ満潮《みちしほ》を
飲みつくすとも渇《かわ》くべき
天馬よ汝《なれ》が身を持ちて
鳥のきて啼《な》く鳰《にほ》の海
花橘《はなたちばな》の蔭《かげ》を履《ふ》む
その姿こそ雄々しけれ

牝《め》馬《うま》

青波《あをなみ》深きみづうみの
岸のほとりに生れてし
天の牝馬は東《あづま》なる
かの陸奥《みちのく》の野に住《す》めり
霞《かすみ》に霑《うるほ》ひ風に擦れ

音《おと》もわびしき枯くさの
すゝき尾花にまねかれて
荒野《あれの》に嘆く牝馬かな
誰《たれ》か燕《つばめ》の声を聞き
たのしきうたを耳にして
日も暖かに花深き
西の空をば慕はざる
誰か秋鳴くかりがねの
かなしき歌に耳たてて
ふるさとさむき遠天《とほぞら》の
雲の行衛《ゆくへ》を慕はざる
白き羚羊《ひつじ》に見まほしく
透《す》きては深く柔軟《やはらか》き
眼《まなこ》の色のうるほひは
吾《わ》が古里《ふるさと》を忍べばか
蹄《ひづめ》も薄く肩痩《や》せて
四つの脚《あし》さへ細りゆき

その鬣《たてがみ》の艶《つや》なきは
荒野《あれの》の空に嘆けばか
春は名取《なとり》の若草や
病める力に石を引き
夏は国分《こくぶ》の嶺《みね》を越え
牝馬にあまる塩を負ふ
秋は広瀬の川添《かはぞひ》の
紅葉《もみぢ》の蔭にむちうたれ
冬は野末に日も暮れて
みぞれの道の泥《どろ》に饑《う》ゆ
鶴よみそらの雲に飽き
朝の霞の香に酔ひて
春の光の空を飛ぶ
羽翼《つばさ》の色の嫉《ねた》きかな
獅子《しし》よさみしき野に隠れ
道なき森に驚きて
あけぼのの露にふみ迷ふ

鋭き爪《つめ》のこひしやな
鹿よ秋山妻恋《あきやまつまごひ》に
黄葉《もみぢ》のかげを踏み分けて
谷間の水に喘《あへ》ぎよる
眼睛《ひとみ》の色のやさしやな
人をつめたくあぢきなく
思ひとりしは幾歳《いくとせ》か
命を薄くあさましく
思ひ初《そ》めしは身を責むる
強き軛《くびき》に嘆き侘《わ》び
花に涙をそゝぐより
悲しいかなや春の野に
湧《わ》ける泉を飲み干すも
天の牝馬のかぎりなき
渇ける口をなにかせむ
悲しいかなや行く水の
岸の柳の樹の蔭の

かの新草《にひぐさ》の多くとも
饑ゑたる喉《のど》をいかにせむ
身は塵埃《ちりひぢ》の八重葎《やへむぐら》
しげれる宿にうまるれど
かなしや地《つち》の青草は
その慰藉《なぐさめ》にあらじかし
あゝ天雲《あまぐも》や天雲や
塵《ちり》の是世《このよ》にこれやこの
轡《くつわ》も折れよ世も捨てよ
狂ひもいでよ軛《くびき》さへ
嚙《か》み砕けとぞ祈るなる
牝馬のこゝろ哀《あはれ》なり
尽きせぬ草のありといふ
天つみそらの慕はしや
渇かぬ水の湧くといふ
天の泉のなつかしや
せまき廐《うまや》を捨てはてて

空を行くべき馬の身の
心ばかりははやれども
病みては零《お》つる泪《なみだ》のみ
草に生れて草に泣く
姿やさしき天の馬
うき世のものにことならで
消ゆる命のもろきかな
散りてはかなき柳葉《やなぎは》の
そのすがたにも似たりけり
波に消え行く淡雪《あはゆき》の
そのすがたにも似たりけり
げに世の常の馬ならば
かくばかりなる悲嘆《かなしみ》に
身の苦悶《わづらひ》を恨《うら》み侘び
声ふりあげて嘶《いなな》かん
乱れて長き鬣の
この世かの世の別れにも
心ばかりは静和《しづか》なる
深く悲しき声きけば
あゝ幽遠《かすか》なる気息《ためいき》に
天のうれひを紫の
野末の花に吹き残す
世の名残こそはかなけれ

鶏《にはとり》

花によりそふ鶏の
夫《つま》よ妻鳥《めどり》よ燕子花《かきつばた》
いづれあやめとわきがたく
さも似つかしき風情《ふぜい》あり
姿やさしき牝鶏《めんどり》の
かたちを恥づるこゝろして

花に隠るゝありさまに
品かはりたる夫鳥《つまどり》や

雄々しくたけき雄鶏《をんどり》の
とさかの色も艶《つや》にして
黄なる口嘴《くちばし》脚《あし》蹴爪《けづめ》
尾はしだり尾のなが〳〵し

問ふても見まし誰《た》がために
よそほひありく夫鳥《つまどり》よ
妻守《つまも》るためのかざりにと
いひたげなるぞいぢらしき

画《ゑ》にこそかけれ花鳥《はなとり》の
それにも通ふ一つがひ
霜に侘寝《わびね》の朝ぼらけ
雨に入日の夕まぐれ

空に一つの明星の
闇《やみ》行く水に動くとき
日を迎へんと鶏の
夜《よる》の使《つかひ》を音《ね》にぞ鳴く

露けき朝の明けて行く
空のながめを誰《たれ》か知る
燃ゆるがごとき紅《くれなゐ》の
雲のゆくへを誰《たれ》か知る

闇もこれより隣なる
声ふりあげて鳴くときは
人の長眠《ねむり》のみなめざめ
夜は日に通ふ夢まくら

明けはなれたり夜はすでに

いざ妻鳥《つまどり》と巣を出《い》でて
餌《ゑ》をあさらんと野に行けば
あなあやにくのものを見き
見しらぬ鶏《とり》の音《ね》も高に
あしたの空に鳴き渡り
草かき分けて来るはなぞ
妻恋ふらしや妻鳥《つまとり》を
ねたしや露に羽《はね》ぬれて
朝日にうつる影見れば
雄鶏《をどり》に惜《を》しき白妙《しろたへ》の
雪をあざむくばかりなり
力あるらし声たけき
敵《かたき》のさまを懼《おそ》れてか
声色《いろ》あるさまに羞《は》ぢてかや

妻鳥《めどり》は花に隠れけり
かくと見るより堪へかねて
背をや高めし夫鳥《つまどり》は
羽《は》がきも荒く飛び走り
蹴爪に土をかき狂ふ
筆毛《ふでげ》のさきも逆立《さかだ》ちて
血潮《ちしほ》にまじる眼のひかり
二つの鶏《とり》のすがたこそ
是《これ》おそろしき風情《ふぜい》なれ
妻鳥《めどり》は花を馳《か》け出でて
争闘《あらそひ》分くるひまもなみ
たがひに蹴合ふ蹴爪《けづめ》には
火焔《ほのほ》もちるとうたがはる

蹴るや左眼《さがん》の的《まと》それて
羽《はね》に血しほの夫鳥《つまどり》は
敵の右眼《うがん》をめざしつゝ
爪も折れよと蹴返しぬ

蹴られて落つるくれなゐの
血潮の花も地に染みて
二つの鶏《とり》の目もくるひ
たがひにひるむ風情なし

そこに声あり涙あり
争ひ狂ふ四つの羽《はね》
血潮《のり》に滑りし夫鳥《つまどり》の
あな仆《たふ》れけん声高し

一声長く悲鳴して
あとに仆るゝ夫鳥の
羽《はね》は血潮の朱《あけ》に染《そ》み
あたりにさける花紅《あか》し

あゝあゝ熱き涙かな
あるに甲斐《かひ》なき妻鳥は
せめて一声鳴けかしと
屍《かばね》に嘆くさまあはれ

なにとは知らぬかなしみの
いつか恐怖《おそれ》と変りきて
思ひ乱れて音《ね》をのみぞ
鳴くや妻鳥《めどり》の心なく

我を恋ふらし音《ね》にたてて
姿も色もなつかしき
花のかたちと思ひきや
かなしき敵とならんとは

花にもつるゝ蝶《てふ》あるを
鳥に縁《えにし》のなからめや
おそろしきかな其《そ》の心
なつかしきかな其の情《なさけ》

紅《あけ》に染《そ》みたる草見れば
鳥の命のもろきかな
火よりも燃ゆる恋見れば
敵《てき》のこゝろのうれしやな

見よ動きゆく大空の
照る日も雲に薄らぎて
花に色なく風吹けば
野はさびしくも変りけり

かなしこひしの夫鳥《つまどり》の
冷えまさりゆく其《その》姿
たよりと思ふ一ふしの
いづれ妻鳥《めどり》の身の末ぞ

恐怖《おそれ》を抱く母と子が
よりそふごとくかの敵に
なにとはなしに身をよする
妻鳥のこゝろあはれなれ

あないたましのながめかな
さきの楽しき花ちりて
空色暗く一彩毛《ひとはけ》の
雲にかなしき野のけしき

行きてかへらぬ鳥はいざ
夫《つま》か妻鳥《めどり》か燕子花《かきつばた》
いづれあやめを踏み分けて

野末を帰る二羽の鶏《とり》

松島瑞巌寺《ずいがんじ》に遊び葡萄《ぶだう》
栗鼠《きねずみ》の木彫を観て

舟路《ふなぢ》も遠し瑞巌寺
冬逍遥《ふゆじやうやう》のこゝろなく
古き扉《とびら》に身をよせて
飛騨《ひだ》の名匠《たくみ》の浮彫《うきぼり》の
葡萄のかげにきて見れば
菩提《ぼだい》の寺の冬の日に
刀《かたな》悲《かな》しみ鑿《のみ》愁《うれ》ふ

ほられて薄き葡萄葉の
影にかくるゝ栗鼠よ
姿ばかりは隠すとも
かくすよしなし鑿《のみ》の香《か》は

うしほにひゞく磯寺《いそでら》の
かねにこの日の暮るゝとも
夕闇《ゆふやみ》かけてたゝずめば
こひしきやなぞ甚五郎

夏草

一　春やいづこに

春やいづこに
かすみのかげにもえいでし
糸の柳にくらぶれば
いまは小暗き木下闇《こしたやみ》
あゝ一時《ひととき》の
春やいづこに

色をほこりしあさみどり
わかきむかしもありけるを
今はしげれる夏の草
あゝ一時の

春やいづこに
梅も桜もかはりはて
枝は緑の酒のごと
酔ふてくづるゝ夏の夢
あゝ一時の
春やいづこに

鷲《わし》の歌

みるめの草は青くして海の潮《うしほ》の香《か》ににほひ
流れ藻《も》の葉はむすぼれて蜑《あま》の小舟にこがるゝも
あしたゆふべのさだめなき大竜神《おほたつがみ》の見る夢の
闇《くら》きあらしに驚けば海原《うなばら》とくもかはりつゝ

とくたちかへれ夏波に友よびかはす浜千鳥
もしほやく火はきえはてて岩にひそめるかもめどり
蜑《あま》は苫《とま》やに舟は磯《いそ》いそうちよする波ぎはの
削《けづ》りて高き巌角《いはかど》にしばし身をよす二羽の鷲

いかづちの火の岩に落ち波間《なみま》に落ちて消ゆるまも
寝みだれ髪か黒雲《くろくも》の風にふかれつそらに飛び
葡萄《ぶだう》の酒の濃紫《こむらさき》いろこそ似たれ荒波《あらなみ》の
波のみだれて狂ひよるひゞきの高くすさまじや

翼《つばさ》の骨をそばだてすがたをつゝむ若鷲の
身は覆羽《おほひば》やさごろもや腋羽《ほろば》のうちにかくせども
見よ老鷲《おいわし》はそこ白く赤すぢたてる大爪《おほつめ》に
岩をつかみて中高き頭《かしら》静かにながめけり

げに白髪《しらかみ》のものゝふの剣《つるぎ》の霜を払ふごと
唐藍《からあゐ》の花ますらをのかの青雲《あをぐも》を慕ふごと
黄葉《もみぢ》の影に啼《な》く鹿の谷間《たにま》の水に喘《あへ》ぐごと
眼《まなこ》鋭く老鷲は雲の行くへをのぞむかな

わが若鷲はうちひそみわが老鷲はたちあがり
小河に映《うつ》る明星の澄めるに似たる眼《まなこ》して
黒雲の行く大空のかなたにむかひうめきしが
いづれこゝろのおくれたり高し烈《はげ》しとさだむべき

わが若鷲は琴柱《ことぢ》尾《を》や胸に文《あや》なす鷸《しぎ》の斑《ふ》の

承毛《うけげ》は白く柔和《やはらか》に谷の落《おと》し羽《は》飛ぶときも
湧《わ》きて流るゝ真清水《ましみづ》の水に翼《つばさ》をうちひたし
このめる蔭《かげ》は行く春のなごりにさける花躑躅《はなつつじ》

わが老鷲は肩剛《つよ》く胸腹《むなばら》広く溢《あふ》れいで
烈しき風をうち凌《しの》ぐ羽《はね》は著《しる》くもあらはれて
藤の花かも胸の斑《ふ》や髀《もも》に甲《よろひ》をおくごとく
鳥の命の戦ひに翼にかゝる老の霜

げにいかめしきものゝふの盾《たて》にもいづれ翼をば
張りひろげたる老鷲のふたゝびみたび羽《は》ばたきて
踊《をど》れる胸は海潮《うみじほ》の湧きつ流れつ鳴るごとく
力あふれて空高く舞ひたちあがるすがたかな

黒岩茸《くろいはたけ》の岩ばなに生《お》ふにも似るか若鷲の
巌角《いはかど》ふかく身をよせて飛ぶ老鷲をうかゞふに
紋は花菱《はなびし》舞ひ扇《あふぎ》ひらめきかへる疾風《はやかぜ》の

わが老鷲を吹くさまは一葉《ひとは》を振るに似たりけり

たゝかふためにうまれては羽《はね》を剣《つるぎ》の老鷲の
うたんかたんと小《を》休《やみ》なき熱き胸より吹く気息《いき》は
色くれなゐの火炎《ほのほ》かもげに悲痛《かなしみ》の湧き上り
勁《つよ》き翼をひるがへしかの天雲《あまぐも》を凌ぎけり

光を慕ふ身なれども命運《さだめ》かなしや老鳥《おいどり》の
一こゑ深き苦悶《くるしみ》のおとをみそらに残しおき
金糸《きんし》の縫《ぬひ》の黒繻子《くろじゆす》の帯かとぞ見る黒雲の
羽《は》袖《そで》のうちにつゝまれて姿はいつか消えにけり

あゝさだめなき大空のけしきのとくもかはりゆき
闇《くら》きあらしのをさまりて光にかへる海原や
細くかゝれる彩雲《あやぐも》はゆかりの色の濃紫
薄紫のうつろひに楽しき園となりけらし

命を岩につなぎては細くも糸をかけとめて
腋羽《ほろば》につゝむ頭《かしら》をばうちもたげたる若鷲の
鈎《はり》にも似たる爪先の雨にぬれたる岩ばなに
かたくつきたる一つ羽《は》はそれも名残《なごり》か老鷲の

霜ふりかゝる老鷲の一羽《ひとは》をくはへ眺むれば
夏の光にてらされて岩根にひゞく高潮《たかしほ》の
砕けて深き海原《うなばら》の巌角に立つ若鷲は
日影にうつる雲さして行くへもしれず飛ぶやかなたへ

銀河

天《あま》の河原《かはら》を
　ながむれば
星の力は
　おとろへて
遠きむかしの
　ゆめのあと
こゝにちとせを
　すぎにけり
そらの泉を
　よのひとの
汲《く》むにまかせて
　わきいでし
天の河原は
　かれはてて
水はいづこに
　うせつらむ
ひゞきをあげよ
　織姫よ
みどりの空は
　かはらねど
ほしのやどりの
　今ははた
いづこに梭《をさ》の
　音《ね》をきかむ
あゝひこぼしも
　織姫も
今はむなしく
　老い朽《く》ちて

夏のゆふべを
　かたるべき
みそらに若き
　星もなし

白磁《はくじ》花瓶賦《くわへいのふ》

みしやみぎはの白あやめ
はなよりしろき花瓶《はながめ》を
いかなるひとのたくみより
うまれいでしとしるやきみ
瓶《かめ》のすがたのやさしきは
根ざしも清き泉より
にほひいでたるしろたへの
こゝろのはなと君やみん

さばかり清きたくみぞと
いひたまふこそうれしけれ
うらみわびつるわが友の
うきなみだよりいでこしを

ゆめにたはぶれ夢に酔ひ
さむるときなきわが友の
名残は白き花瓶に
あつきなみだの残るかな

にごりをいでてさくはなに
にほひありとなあやしみそ
光は高き花瓶に
恋の嫉妬《ねたみ》もあるものを

命運《さだめ》をよそにかげろふの

きゆるためしぞなしといへ
あまりに薄き縁《えにし》こそ
友のこのよのいのちなれ

やがてさかえんゆくすゑの
ひかりも待たで夏の夜の
短かき夢は燭火《ともしび》の
花と散りゆくはかなさや

つゆもまだひぬみどりばの
しげきこずゑのしたかげに
ほとゝぎすなく夏のひの
もろ葉がくれの青梅《あをうめ》も

夏の光のかゞやきて
さつきの雨のはれわたり
黄金《こがね》いろづく梅が枝《え》に
たのしきときやあるべきを

胸の青葉のうらわかみ
朝露しげきこずゑより
落ちてくやしき青梅の
実のひとつなる花瓶よ

いのちは薄き蟬《せみ》の羽の
ひとへごころのうらもなく
はじめて友の恋歌《こひうた》を
花影《はなかげ》にきてうたふとき

緑のいろの夏草の
あしたの露にぬるゝごと
深くすゞしきまなこには
恋の雫《しづく》のうるほひき

影を映《うつ》してさく花の
流るゝ水を慕ふごと
なさけをふくむ口唇《くちびる》に
からくれなゐの色を見き

をとめごころを真珠《しらたま》の
蔵《くら》とは友の見てしかど
宝の胸をひらくべき
恋の鍵《かぎ》だになかりしか

いとけなきかなひとのよに
智恵ありがほの恋なれど
をとめごころのはかなさは
友の得しらぬ外《ほか》なりき

あひみてのちはとこしへの
わかれとなりし世のなごり
かなしきゆめと思ひしを
われや忘れじ夏の夜半《よは》

月はいでけり夏の夜の
青葉の蔭《かげ》にさし添ひて
あふげば胸に忍び入る
ひかりのいろのさやけさや

ゆめにゆめ見るこゝちして
ふたりの膝《ひざ》をうち照らす
月の光にさそはれつ
しづかに友のうたふうた

たれにかたらむ
わがこゝろ
たれにかつげむ
このおもひ

わかきいのちの
あさぼらけ
こゝろのはるの
たのしみよ

などいたましき
かなしみの
ゆめとはかはり
はてつらむ

こひはにほへる
むらさきの
さきてちりぬる
はななるを

あゝかひなしや
そのはなの
ゆかしかるべき
かをかげば

わがくれなゐの
かほばせに
とゞめもあへぬ
なみだかな

くさふみわくる
こひつじよ
なれものずゑに
まよふみか

さまよひやすき
たびびとよ
なあやまりそ

　　ゆくみちを
竜《たつ》を刻みし宮柱《みやばしら》
ふとき心はありながら
薄き命のはたとせの
名残は白き瓶《かめ》ひとつ

たをらるべきをいのちにて
はなさくとにはあらねども
朝露おもきひとえだに
うれひをふくむ花瓶《はながめ》や

あゝあゝ清き白雪《しらゆき》は
つもりもあへず消ゆるごと
なつかしかりし友の身は
われをのこしてうせにけり

せめては白き花瓶よ
消えにしあとの野の花の
色にもいでよわが友の
いのちの春の雪の名残を

きり〴〵す

去年《こぞ》蔦《つた》の葉の
　　かげにきて
うたひいでしに
　　くらぶれば
ことしも同じ
　　しらべもて
かはるふしなき
　　きり〴〵す

耳なきわれを
　とがめそよ
うれしきものと
　おもひしを
自然のうたの
　かくまでに
旧《ふる》きしらべと
　なりけるか
同じしらべに
　たへかねて
草と草との
　花を分け
声あるかたに
　たちよりて
虫のこたへを
　もとめけり

花をへだてて
　きみがため
聞くにまかせて
　うたへども
うたのこゝろの
　かよはねば
せなかあはせの
　きり〲す

二―新《にひ》潮《じほ》

新潮

一

我《われ》あげまきのむかしより
潮《うしほ》の音《おと》を聞き慣れて
磯辺《いそべ》に遊ぶあさゆふべ
海人《あま》の舟路《ふなぢ》を慕ひしが
やがて空《むな》しき其《その》夢は
身の生業《なりはひ》となりにけり

七月夏の海《うみ》の香《か》の
海藻《あまも》に匂《にほ》ふ夕まぐれ
兄もろともに舟浮《う》けて
力をふるふ水馴棹《みなれざを》
いづれ舟出《ふなで》はいさましく
波間に響く櫂《かい》の歌

夕潮《ゆふしほ》青き海原《うなばら》に
すなどりすべく漕《こ》ぎくれば
巻《ま》きては開く波の上《へ》の
鷗《かもめ》の夢も冷やかに
浮び流るゝ海草《うみくさ》の
目にも幽《かす》かに見ゆるかな

まなこをあげて落つる日の
きらめくかたを眺《なが》むるに
羽袖《はそで》うちふる鶻隼《はやぶさ》は
彩《あや》なす雲を舞ひ出《い》でて

翅《つばさ》の塵《ちり》を払ひつゝ
物にかゝはる風情《ふぜい》なし

飄々《へうへう》として鳥を吹く
風の力もなにかせむ
勢《いきほひ》竜《たつ》の行くごとく
羽音《はおと》を聞けば葛城《かつらぎ》の
そつ彦むかし引きならす
真弓《まゆみ》の絃《つる》の響《ひびき》あり

希望《のぞみ》すぐれし鶻隼よ
せめて舟路のしるべせよ
げにその高き荒魂《あらたま》は
敵に赴《おもむ》く白馬《しろうま》の
白き鬣《たてがみ》うちふるひ
風を破《やぶ》るにまさるかな

海面《うみづら》見ればかげ動く
深紫の雲の色
はや暮れて行く天際《あまぎは》に
行くへや遠き鶻隼の
もろ羽《は》は彩《あや》にうつろひて
黄金《こがね》の波にたゞよひぬ

朝《あした》夕《ゆふべ》を刻《きざ》みてし
天の柱の影暗く
雲の帳《とばり》もひとたびは
輝きかへる高御座《たかみくら》
西に傾く夏の日は
遠く光彩《ひかり》を沈めけり

見ようるはしの夜《よる》の空《そら》
見ようるはしの空の星
北斗の清《きよ》き影冱《さ》えて

望みをさそふ天の花
とはの宿りも舟人《ふなびと》の
光を仰ぐためしかな

潮《うしほ》を照らす篝火《かがりび》の
きらめくかたを窺《うかが》へば
松の火あかく燃ゆれども
魚行くかげは見えわかず
流れは急《はや》しふなべりに
触れてかつ鳴る夜《よる》の浪《なみ》

二

またゝくひまに風吹きて
舞ひ起《た》つ雲をたとふれば
戦《いくさ》に臨むますらをの
あるは鉦《かね》うち貝を吹き
あるは太刀《たち》佩《は》き剣《つるぎ》執《と》り
弓矢を持つに似たりけり

光は離れ星隠れ
みそらの花はちりうせぬ
彩美《あやうるは》しき巻物《まきもの》を
高く舒《の》べたる大空は
みるまに暗く覆《おほ》はれて
目にすさまじく変りけり

聞けばはるかに万軍の
鯨波《とき》のひゞきにうちまぜて
陣螺《ぢんら》の音色《ねいろ》ほがらかに
野の空高く吹けるごと
闇《くら》き潮《うしほ》の音のうち
いと新しき声すなり

我《われ》あまたゝび海にきて

風吹き起るをり〳〵の
波の響に慣れしかど
かゝる清《すず》しき音《ね》をたてて
奇《く》しき魔《ま》の吹く角《かく》かとぞ
うたがはるゝは聞かざりき

こゝろせよかしはらからよ
な恐れそと叫ぶうち
あるはけはしき青山《あをやま》を
凌《しの》ぐにまがふ波の上
あるは千《ち》尋《ひろ》の谷深く
落つるにまがふ濤《なみ》の影

戦ひ進むものゝふの
剣《つるぎ》の霜を払ふごと
溢《あふ》るゝばかり奮《ふる》ひ立ち
潮《うしほ》を撃ちて艚《こ》ぎくれば

梁《やな》はふたりの盾《たて》にして
柁《かぢ》は鋭《するど》き刃《やいば》なり

たとへば波は西風《にしかぜ》の
梢《こずゑ》をふるひふるごとく
舟は枯れゆく秋の葉の
枝に離れて散るごとし
帆檣《ほばしら》なかば折れ砕け
篝《かがり》は海に漂《ただよ》ひぬ

哀《かな》しや狂ふ大波の
舟うごかすと見るうちに
櫓《ろ》をうしなひしはらからは
げに消えやすき白露《しらつゆ》の
落ちてはかなくなれるごと
海の藻屑《もくづ》とかはりけり

あゝ思《おもひ》のみはやれども
眼《まなこ》の前のおどろきは
剣《つるぎ》となりて胸を刺《さ》し
千々《ちぢ》に力を砕くとも
怒りて高き逆波《さかなみ》は
猛《たけ》き心を傷《いた》ましむ

命運《さだめ》よなにの戯《たはむ》れぞ
人の命は春の夜の
夢とやげにも夢ならば
いとゞ悲しき夢をしも
見るにやあらむ海にきて
まのあたりなるこの夢は

これを思へば胸満ちて
流るゝ涙せきあへず
今はた櫂《かい》をうちふりて
波と戦ふ力なく
死して仆《たふ》るゝ人のごと
身を舟板に投げ伏しぬ

一葉《ひとは》にまがふ舟の中
波にまかせて流れつゝ
声を放ちて泣き入れば
げに底ひなきわだつみの
上に行衛《ゆくへ》も定めなき
鷗《かもめ》の身こそ悲しけれ

時には遠き常闇《とこやみ》の
光なき世に流れ落ち
朽《く》ちて行くかと疑はれ
時には頼む人もなき
冷《つめ》たき冥府《よみ》の水底《みなそこ》に
沈むかとこそ思はるれ

あゝあやまちぬよしや身は
おろかなりともかくてわれ
もろく果つべき命かは
照る日や月や上にあり
大竜神《おほたつがみ》も心あらば
賤《いや》しきわれをみそなはせ

かくと心に定めては
波ものかはと励《はげ》みたち
闇《やみ》のかなたを窺《うかが》ふに
空はさびしき雨となり
潮《うしほ》にうつる燐《りん》の火の
乱れて燃ゆる影青し

我《われ》よるべなき海の上《へ》に
活《い》ける力の胸の火を
わづかに頼む心より
消えてはもゆる闇の夜《よ》の
その静かなる光こそ
漂《ただよ》ふ身にはうれしけれ

危ふきばかりともすれば
波にゆらるゝこの舟の
行くへを照らせ燐の火よ
海よりいでて海を焚く
青きほのほの影の外
道しるべなき今の身ぞ

砕かば砕けいざさらば
波うつ櫂はこゝにあり
たとへ舟路は暗くとも
世に勝つ道は前にあり
あゝ新潮《にひじほ》にうち乗りて

命運《さだめ》を追ふて活《い》きて帰らん

野《の》路《ぢ》の梅

風かぐはしく吹く日より
夏の緑のまさるまで
梢《こずゑ》のかたに葉がくれて
人にしられぬ梅ひとつ

梢は高し手をのべて
えこそ触れめやたゞひとり
わがものがほに朝夕を
ながめ暮してすごしてき

やがて鳴く鳥おもしろく
黄金《こがね》の色にそめなせば
行きかふ人の目に触れて
落ちて履《ふ》まるゝ野路の梅

晩春の別離

時は暮れ行く春よりぞ
また短きはなかるらん
恨《うらみ》は友の別れより
さらに長きはなかるらん

君を送りて花近き
高楼《たかどの》までもきて見れば
緑に迷ふ鶯《うぐひす》は
霞《かすみ》空《むな》しく鳴きかへり
白き光は佐保姫の
春の車駕《くるま》を照らすかな

これより君は行く雲と
ともに都を立ちいでて
懐《おも》へば琵琶《びは》の湖《みづうみ》の
岸の光にまよふとき
東胆吹《いぶき》の山高く
西には比叡比良《ひえいひら》の峯《みね》
日は行き通《かよ》ふ山々の
深きながめをふしあふぎ
いかにすぐれし想《おもひ》をか
沈める波に湛《たた》ふらん
流れは空《むな》し法皇の
夢杳《ゆめはる》かなる鴨《かも》の水
水にうつろふ山城《やましろ》の
みやびの都《みやこ》行く春の
霞めるすがた見つくして

畿内《きない》に迫る伊賀伊勢の
鈴鹿《すずか》の山の波遠く
海に落つるを望むとき
いかに万《よろづ》の恨《うらみ》をば
空行く鷲《わし》に窮《きは》むらん

春去り行かば青によし
奈良の都に尋《たづ》ね入り
としつき君がこひ慕ふ
御堂《みだう》のうちに遊ぶとき
古き芸術《たくみ》の花の香《か》の
伽藍《がらん》の壁に遺《のこ》りなば
いかに韻《にほひ》を身にしめて
深き思《おもひ》に沈むらん

さては秋津《あきつ》の島が根の
南の翼《つばさ》紀の国を

回《めぐ》りて進む黒潮《くろしほ》の
鳴門《なると》に落ちて行くところ
天際《あまぎは》遠く白き日の
光を泄《も》らす雲裂《き》けて
目にはるかなる遠海《とほうみ》の
波の踴《をど》るを望むとき
いかに胸うつ音《おと》高く
君が血潮のさわぐらん

または名に負ふ歌枕《うたまくら》
波に千とせの色映《うつ》る
明石《あかし》の浦のあさぼらけ
松万代《よろづよ》の音《ね》に響く
舞子の浜のゆふまぐれ
もしそれ海の雲落ちて
淡路の島の影暗く
狭霧《さぎり》のうちに鳴き通ふ
千鳥の声を聞くときは
いかに浦辺にさすらひて
遠き古《むかし》を忍ぶらん

げに君がため山々は
雲を停《とど》めん浦々は
磯《いそ》に流るゝ白波《しらなみ》を
揚げんとすらんよしさらば
旅路はるかに野辺行かば
野辺のひめごと森行かば
森のひめごとさぐりもて
高きに登り天地《あめつち》の
もなかに遊び大川の
流れを窮《きは》め山々の
神をも呼ばひ谷々の
鬼をも起し歌人《うたびと》の
魂《たま》をも遠く返しつゝ

清《すず》しき声をうちあげて
朽《く》ちせぬ琴《こと》をかき鳴らせ

あゝ歌神《うたがみ》の吹く気息《いき》は
絶えてさびしくなりにけり
ひゞき空しき天籟《てんらい》は
いづくにかある
　　　　　　九つの
芸術《たくみ》の神のかんづまり
かんさびませしとつくにの
阿典《アゼン》の宮殿《みや》の玉垣《たまがき》も
今はうつろひかはりけり
草の緑はグリイスの
牧場《まきば》を今も覆《おほ》ふとも
みやびつくせしいにしへの
笛のしらべはいづくぞや

かのバビロンの水青く
千歳《ちとせ》の色をうつすとも
柳に懸けしいにしへの
琴は空しく流れけり

げにや大雅《みやび》をこひ慕ふ
君にしあれば君がため
芸術《たくみ》の天《そら》に懸《かか》る日も
時を導く星影も
いづれ行くへを照らしつゝ
深き光を示すらん

さらば名残はつきずとも
袂《たもと》を別《わか》つ夕まぐれ
見よ影深き欄干《おばしま》に
煙をふくむ藤の花
北行く鴈《かり》は大空の

霞に沈み鳴き帰り
彩《あや》なす雲も愁《うれ》ひつゝ
君を送るに似たりけり

あゝいつかまた相逢《あひあ》ふて
もとの契《ちぎ》りをあたゝめむ
梅も桜も散りはてて
すでに柳はふかみどり
人はあかねど行く春を
いつまでこゝにとゞむべき
われに惜《をし》むな家づとの
一枝《いつし》の筆の花の色香《いろか》を

月光

さなり巌《いはほ》を撃《う》つ波の
夕《ゆふべ》の夢を洗ふとも
緑の岸に枕《まくら》して
松眠りなばいかにせむ

あふげば胸に忍び入る
清き光に照らされて
われのみひとり笛吹けど
君踊《をど》らずばいかにせむ

こよひ月かげ新しき
衣《ころも》を君にもたらすも
としつき慣れてふりたるを
君し捨てずばいかにせむ

雲は緑の波を揚げ
高き潮《うしほ》を分《わか》つとも
君し涙の涸《か》れはてて

胸うごかずばいかにせむ
われあやまれり其殻《そのから》の
安《やす》きを思へかたつむり
君し眠りの楽しくば
さめずもあれや月の光に

一

さなきだに露したゝるゝ
深き樹蔭《こかげ》にたゝずめば
老いずの夢にたとふべき
夜の思《おもひ》に酔ふものを
月の光のさし入りて
林のさまぞ静かなる
緑を洗ふ白雨の
すぎにしあとの梢《こずゑ》には
清《す》みたる酒の香《か》に通《かよ》ふ
雫《しづく》流れてにほふらん
木下《こした》に夢を見よとてか
林の夜の静けさは
暗きに沈む樹々《きぎ》の葉の
影の深きによればなり
おぼつかなくも樹の蔭の
闇《やみ》の深きに沈めるは
緑に煙《けぶ》る夜《よ》の月の
深き木枝《こえだ》をもれいでて
光もいとゞ花やかに
さし入る影のあればなり
耳をたつればなつかしや
かなたこなたに木がくれて
鳴く音《ね》をもらす子規《ほととぎす》

はるかに聞けばたえ〴〵に
流れてひゞく谷の水
げにやいみじき其声は
いとしめやかにつま琴《ごと》の
板戸《いたど》をもるゝ忍び音《ね》の
糸のしらべに通ふらん
ひゞきをあげよ谷間《たにあひ》に
むせびて下《くだ》る河水《かはみづ》や
ひゞきをあげよ月影に
しらべをつくる河水や
よしや林の深くして
眼《め》には流れの見えずとも
月の光にさそはれて
夜の思を送れその琴

二

都《みやこ》の塵《ちり》はかゝるとも
市《いち》の響《ひびき》はかよふとも
さながら月に照らされて
鏡にまがふ池のおも

さゞれ波立ち池水《いけみづ》の
動けるかたをながむれば
鏡の中に水鳥の
むらがり遊ぶ影の見ゆ

人の世はげにとゞまらで
時につけつゝ動くとも
芸術《たくみ》の国の静けさは
この池の面《も》に似たるかな

かしこに浮ぶ水鳥は
沈むともなきたが影ぞ
かしこに動くさゞ波は

たが浴《ゆあ》みするわざならん

あゝ照る月はむかしより
人の望むにまかせたり
芸術《たくみ》の花はむかしより
人の慕ふにまかせたり

ともしび乗《と》りてよもすがら
遊ぶといふもことわりや
芸術《たくみ》は長し月清し
この命こそ短かけれ

いのちはよしや指をりて
をしからぬまで数ふとも
望《のぞみ》は遠く夢熱き
そのほのほこそ短かけれ

誰《たれ》かは早く老いざらむ
誰かは早く朽ちざらむ
心の花のうつろひは
一夜《ひとよ》眠りのうちにあり

これを思へば堪へがたく
みぎはにくだり池水に
ひゞくを聴けば音遠く
静かに沈む鐘の声

三

月光の曲銀の笛
はるけき西の国ぶりの
君吹きすさぶ一ふしは
緑の雲を停《とど》めけり

つきは梢を離れいで

影花やかにさすものを
今一度《いまひとたび》はせめて君
吹けやしらべを同じ音《ね》に

たとへばすめる真清水《ましみづ》の
岩にあふれて鳴るごとく
深きまことの泉より
その笛の音や流るらむ

いづれも末は花すぎて
まことの色はあせなむを
君はいかなるたくみもて
かく新しき声を吹く

むかしの箏《こと》の譜《ふ》は旧《ふ》りて
いくもゝとせを過ぎにけり
芸術《たくみ》の花は草と化《な》り
梁《うつばり》の塵《ちり》山と成る

薄暮《ゆふぐれ》橋のたもとにて
故《むかし》の人に逢《あ》ふごとく
されば一ふし新しき
君がしらべぞなつかしき

うれしや高き音《ね》をそへて
清き男の吹く笛に
みどりにけぶる月影の
いやうるはしく見ゆるかな

四

ゆふべとなりぬ夏の日の
長きつとめをうちすてて
いざや雄々しきかひなより
流るゝ汗をぬぐへかし

洗へ緑の樹のかげの
したゝる露のすゞしさに
君がくるしきあらがねの
土もとけなむ昼の夢

虫音《ね》も高く群《むれ》を呼ぶ
琴のしらべにさも似たり
風おのづから吹きにほふ
たが招くともなかりけり

燃ゆるほのほのくれなゐの
塵も静かにをさまりて
楽しき園《その》にかはりゆく
夕暮さまのおもしろや

君やも行くかわれはしも
浮べる雲にたへかねて
光を浴びむ白銀《しろがね》の
花やかにさす月の光を

五

あゝ時として月見れば
空《むな》しき天《あま》の戸《と》を渡る
すめる鏡と見えにけり
あるときはまた世に近く
いざよひ渡る横雲に
いと慣れ易く見えにけり

また時としてながむれば
いとゞ常なき世を超《こ》えて
朽《く》ちず尽きせず見えにけり
あるときはまた影清く
まどかに高くかゝれども

とく欠け易く見えにけり
また時としてながむれば
光の糸に夜《よ》と朝を
つなぎとゞむと見えにけり
あるときはまた冷《ひや》やかに
花と草との分《わか》ちなく
世を照らすかと見えにけり

また時としてながむれば
昔も今もさまよひて
行くへもしらず見えにけり
あるときはまたさだめなき
浮べる雲に枕して
ねむり静かに見えにけり

暁《あかつき》の誕生

東の空のほの〴〵と
汝《な》が世は白《しら》みそめにけり
この暁のさまを見て
運命《さだめ》をいかに占《うら》なはむ

ことにさやけき紅《くれなゐ》の
光を放つ明星や
やがて処女《をとめ》となるまでの
汝がおひさきのしるべせよ

朝風舞《まひ》をまふごとく
はるかに雲の袖《そで》を吹き
鶏《とり》は寝覚《ねざめ》に驚きて
先《ま》づ黎明《しののめ》を呼びにけり

はじめて朝の床の上《へ》に
汝《な》が初声《うぶごゑ》をきくときは
蕾《つぼみ》を破るあけぼのの
蓮《はちす》の花にまがふかな

ぬるき潮《うしほ》に浴《ゆあ》みして
朝日に匂《にほ》ふ茜染《あかねぞめ》
まだ罪もなきすがたこそ
なかばは夢の風情《ふぜい》なれ

いかにいかなる世なりとは
思ふこゝろもなからまし
そのうるはしき眼《まなこ》もて
なにをか見んと願ふらむ

まだ生れ来《こ》し世の中に
願ふもとめもなからまし
空にやさしき手をのべて
なにをか早やも慕ふらむ

行く末花と生《お》ひ立ちて
いかなる夢を重ぬとも
かゝるゆたけき朝のごと
心の空の静かなれ

あゝ朽《く》ちずてふ九つの
芸術《たくみ》の神も心あらば
このうるはしきみどりごに
香《にほひ》の露をそゝげかし

やがて好みて琴弾《ことひ》かば
指を葡萄《ぶだう》の蔓《つる》となし
耳をそよげる葦《あし》となし

たなれの糸に触れしめよ

やがて好みて筆持たば
心を文《ふみ》の梭《をさ》となし
胸を流るゝ雅《あや》となし
色あたらしく織らしめよ

よし琴弾かず歌よまず
画をかくわざにすぐれずも
せめて芸術《たくみ》を恋ひ慕ふ
深き情《こころ》を持たしめよ

盃《さかづき》あげて美《よ》き酒を
こゝろごゝろにくみかはし
歌をつくりてよろこびの
この暁をうたひうたはん

終焉の夕《ゆふべ》

潮《うしほ》は落ちて帰りけり
生命《いのち》の岸をうつ波の
やがて夕《ゆふべ》に回《めぐ》れるを
ひきとゞむべきすべもなし

行くにまかせよ幾巻《いくまき》の
聖《ひじり》のふみはありとても
耆婆《ギバ》のたくみも海山《うみやま》の
薬も今は力なし

八月蛍《ほたる》飛び乱れ
終りの床に迷ひきて
まだうらわかきたをやめの
香《にほひ》の魂《たま》をさそひけり

みそらの高き戸を出《い》でて
彩《あや》なす雲のくだるとき
鐘の響も沈《しづ》まりて
眠るがごとく息絶《いきた》えぬ

麗《うる》はしかりし黒髪を
吹く風いとゞ冷《ひや》やかに
枕を照らす夕暮の
星も思《おもひ》を傷《いた》ましむ

抱《いだ》きこがるゝひと〴〵の
涙は床をひたすとも
かをり空《むな》しく花折れて
運命《さだめ》の前に仆《たふ》れけり

めぐみはあつき父母《たらちね》に
さきだつことのかなしさを
かこちわびてし口唇《くちびる》も
今は艶《つや》なく力なし

慕ひあへりしはらからに
永き別れを告げんとて
深き情《なさけ》にかゞやきし
心の窓《まど》も閉ぢはてぬ

病める枕辺《まくらべ》近くきて
夕《ゆふべ》の鳥の鳴く声に
涙ながらも微笑《ほほゑ》みし
色さへ今はいづくぞや

光も見えずなりぬれば
みまもる人を抱きしめ
名を尋《たづ》ねつゝ手をとりし

腕《かひな》は石となりにけり

落つる日を見よひとたびは
かゞやきかへり沈むごと
やがて光をまとひしは
つひに消えゆく時なりき

あゝ死の海の底深く
声も言葉も通《かよ》はねば
なげきあまりしひと〴〵の
涙は潮《しほ》と流るらん

終りの床の遺骸《なきがら》は
ありし名残を見すれども
はやその魂《たま》はとこしへの
波に隠るゝかもめどり

うぐひす

さはれ空《むな》しきさへづりは
雀《すずめ》の群《むれ》にまかせてよ
うたふをきくや鶯《うぐひす》の
すぎこしかたの思ひでを

はじめて谷を出《い》でしとき
朔風《きたかぜ》寒く霰《あられ》ふり
うちに望みはあふるれど
行くへは雲に隠《かく》れてき

露は緑の羽《はね》を閉ぢ
霜は翅《つばさ》の花となる
あしたに野辺の雪を嚙《か》み
ゆふべに谷の水を飲む

さむさに爪《つめ》も凍りはて
絶えなんとするたびごとに
また新《あら》たなる世にいでて
くしきいのちに帰りけり

あゝ枯菊《かれぎく》に枕《まくら》して
冬のなげきをしらざれば
誰《た》が身にとめむ吹く風に
にほひ乱るゝ梅が香を

谷間《たにま》の笹の葉を分けて
凍れる露を飲まざれば
誰《た》が身にしめむ白雪の
下に萌《も》え立つ若草を

げに春の日ののどけさは
暗くて過ぎし冬の日を
思ひ忍べる時にこそ
いや楽しくもあるべけれ

梅のこぞめの花笠《はながさ》を
かざしつ酔ひつうたひつゝ
さらば春風吹き来《きた》る
香《にほひ》の国に飛びて遊ばむ

かりがね

さもあらばあれうぐひすの
たくみの奥はつくさねど
または深山《みやま》のこまどりの
しらべのほどはうたはねど
まづかざりなき一声《ひとこゑ》に

涙をさそふ秋の雁《かり》
長きなげきは泄《も》らすとも
なほあまりあるかなしみを
うつすよしなき汝《なれ》が身か
などかく秋を呼ぶ声の
荒き響《ひびき》をもたらして
人の心を乱すらむ

あゝ秋の日のさみしさは
小鹿《をじか》のしれるかぎりかは
清《すず》しき風に驚きて
羽《は》袖《そで》もいとゞ冷《ひや》やかに
百千《ももち》の鳥の群《むれ》を出《い》で
浮べる雲に慣るゝかな
菊より落つる花びらは
汝《な》がついばむにまかせたり
時雨《しぐれ》に染むるもみぢ葉《ば》は
汝《なれ》がかざすにまかせたり
声を放ちて叫ぶとも
たれかいましをとゞむべき

星はあしたに冷やかに
露はゆふべにいと白し
風に随《したが》ふ桐《きり》の葉の
枝に別れて散るごとく
天《みそら》の海にうらぶれて
たちかへり鳴け秋のかりがね

わすれ草をよみて

わすれぐさは島田氏のむすめ愛子が遺《のこ》

しおける歌文あまたありけるを、そが教へ親なる人の舟さしよせてしるしありやとつみあつめたるひとまきなり。序のうたは万里小路伯、小伝は東久世伯、追悼《ついたう》のうたを添へたるは竹柏園《ちくはくゑん》のうしなり。なほ巻の終にはともがきの手向草《たむけぐさ》あまた載せたるが、いづれも深く追慕の心を寄せたり。巻のはじめなる俤《おもかげ》は、かみのつかねざまもいとつゝましく、前髪のみは西ぶりにしてうるはしく切りさげたる、まだうひ〳〵しき肩あげのにつかひたるなど、いづれ昔しのぶの種ならぬはなし。家は神奈川なる川崎町にありといふ。二十六年の秋よりみやこに出でて学ぶのかたはら、竹柏園のあるじにつきて歌文の道をさめ、すぐれたるほまれありしを四とせめの春病にかゝり、年僅《わづか》に十七にてみまかりぬ。そのむかしをりをりの紀行のふみなど吾許《わがもと》にもてきて朱を加へよなどいひしことも思ひいでられ、さばかりのえにしもありければ、この巻ひもときて懐旧の情に堪へず、雑の歌の終に、

病あつしかりける時とはし書して、

　父母の深きめぐみをよそにして
　　草葉のつゆときえむとすらむ

とありしを読み、すなはち其《その》歌にちなみて筆を起し、哀歌をつゞる。

もとより消ゆる露なれば
たれかことばをつくすとも
ちらぬすがたに立ちかへり

もとの草葉にのぼるべき
ふたとせの夏はやもきぬ
のこれる人の惜《をし》みては
あまる涙をそゝぎてし
おくつきの花さくらんか

緑の草の生《お》ひいでて
うるはしき実をたまにぬき
なれがはかばをかざるとも
しづこゝろなく眠るらむ

あしたゆかしくさきいでて
ゆふべにちるを数ふるに
拾ふもつきじ言の葉の
にほひをのこすわすれ草

すぐれしゆゑにうつし世に
とゞめもあへず紅《くれなゐ》の
うつろひ易き色にいで
なれはや早くうせにけむ

あしたゆふべの行く雲の
はたてに物を思ふ汝《なれ》
こゝろづくしの冥府《よみ》にまた
むね驚かす夢ありや

春はたのしきうぐひすの
ながおくつきに歌ふとも
よみぢはいかに木蘭《もくれん》の
花より墜《お》つる露ありや

秋はさびしき黄葉《もみぢば》の
ながおくつきにかゝるとも

うれひをいかに目にあてて
おしぬぐふべき菊ありや
あゝ青塚《あをづか》の青草も
いくその人かあはれまむ
むさしあぶみもむらさきも
つひには同じ秋一葉《あきひとは》

ゆめなおそれそ風あれて
雲はうき世にさわぐとも
ゆめなおそれそいなづまの
ながおくつきを照らすとも

なれよ安かれくちなしの
色の泉の岸にさく
よみぢの花に枕して
草葉の影《かげ》に寝《いね》よかし

高山に登りて遠く望むの歌

高根《たかね》に登りまなじりを
きはめて望み眺《なが》むれば
わがゆくさきの山河《やまかは》は
目にもほがらに見ゆるかな
みそらを凌《しの》ぐ雲の峰
砕けて遠く青《あを》に入る

こゞしくくしき磐《いは》が根《ね》の
連《つら》なり亘《わた》る山脈《やまなみ》は
海にきほへる高潮《たかじほ》の
驚き乱れ湧《わ》くごとく
大山《おほやま》つみも動《ゆる》ぎいで

わが精魂《たましひ》を奪ふかな

誰《たれ》かは譏《そし》り誰《た》が恨《うら》む
翅《つばさ》をのべし蒼隼《はやぶさ》は
虚《むな》しき天《あま》の戸《と》を衝《つ》きて
高きみそらにかけれども
うちふりうちふる羽袖《はそで》だに
引きとゞむべき雲もなし

遠く緑におほはれて
望《のぞみ》をつゝむ野のかたに
東に下《くだ》る河波《かはなみ》の
行くへを見れば紫の
山の麓《ふもと》をうちひたし
滔々《たうたう》として流れ去る

あゝ大空に風吹けば
雲おのづから舞ふごとく
迷ひの霧にこめられし
暗き谷間を歩みいで
高根にあれば時を得て
はるかに揚《あが》るわが心

かへりみすれば越えてこし
山はうしろに落ち入りて
荒れにし森の影もなく
さみしき野辺も見えわかず
日の照らすとも七重八重
わが故郷《ふるさと》は雲に隠れて

二つの泉

自然《しぜん》の母の乳房《ちぶさ》より

そこに流るゝ泉あり
たとへば花の処女《をとめご》の
やがて優《やさ》しき母となり
その嬰児《みどりご》の紅唇《くちびる》を
うるほすさまに似たるかな

一つは清《す》みて冷《ひや》やかに
谷の間《あひだ》にほとばしり
葉を重ねたる青草の
しげみのうちを流れけり

一つは泉あたゝかに
其色《そのいろ》暗く濁《にご》りいで
ひゞきは神の鳴るごとく
巌《いはほ》の蔭《かげ》に溢《あふ》れけり

幸《さち》はあつさにつかれはて
渇《かわ》きかなしむ人にあれ
あゝ樹の蔭の草深く
すめる泉を飲みほして
自然《しぜん》のうちに湧《わ》きいづる
清《きよ》き生命《いのち》を汲《く》ましめよ

幸は望みの薄くして
思ひなやめる人にあれ
あゝ夕風のきたるとき
熱き泉に浴《ゆあ》みして
自然のうちにほとばしる
奇《く》しき力を知らしめよ

岩と岩との谷のかげ
砂と砂との山のはを
緑の草の生《お》ひいでて

花さく園となすまでは
あふれいでつゝ昼も夜も
たえぬ泉としるや旅人

天の河

一　七月六日の夕

あすは思へばひとゝせに
一夜《ひとよ》の秋の夕《ゆふべ》なり
うき世にしげるこひ草を
みそらの星もつまむとや
北斗は色をあらためて
よろづの光なまめきぬ
あふげば清し白銀《しろがね》の
夕波高き天《あま》の河《がは》
深き泉を湧《わ》きいでて
うき世の外にたちさわぐ
つきせぬ恋の河水《かはみづ》は
遠くいづくに溢《あふ》るらむ

西風《にしかぜ》星の花を吹き
天の河岸秋立ちぬ
かの彦星《ひこぼし》の牽《ひ》く牛は
しげれる草に喘《あへ》ぎより
ふたつの角《つの》をうちふりて
水の流れを慕ふらむ

げに彦星の履《ふ》みて行く
河辺《かはべ》の秋やいかならむ
高きほとりの通《かよ》ひ路《ぢ》は
白萩《しらはぎ》の花さくらむか

人行きなるゝ岸のごと
紫苑《しをん》の草の満つらむか

ひとり静かに尋《たづ》ねよる
彦星のさまいかならむ
あすの逢瀬《あふせ》を微笑《ほほゑ》みて
かの琴台の美酒《うまざけ》の
盃《さかづき》に酔ふ人のごと
あゆみ危ふく行くらむか

または涙を墨染《すみぞめ》の
衣《ころも》の袖《そで》につゝむとも
なほ観経《くわんきん》の声曇る
西の聖《ひじり》の夢のごと
恋には道も捨てはてて
袖をかざして行くらむか

または旅寝の夢の上《へ》に
夢をかさぬる草まくら
えにしの外《ほか》のえにしとは
それかよげにも捨てがたく
江口の君をたづねよる
侘人《わびびと》のごと行くらむか

天上の恋しかすがに
ことなるふしはありとても
さもあらばあれ彦星の
たなばたつめの梭《をさ》の音《ね》に
望みあふれて慕ひゆく
このゆふべこそ楽しけれ

二　七夕《たなばた》

こよひみそらの白波《しらなみ》に

櫂《かぢ》の音《と》すなりひこぼしの
安《やす》の河原《かはら》に舟浮《ふねう》けて
　　今しこぐらし

風かぐはしく吹き匂《にほ》ふ
花濃き岸にたづさはり
涙は顔をうるほして
老《おい》をし知らぬ夢のごと
　　かしこにかしこに
　　櫂の音きこゆ

人のすなるを星も見て
こひつくすらんこの夕《ゆふべ》

水影草《みづかげぐさ》のうちなびく
川瀬を見ればひととせに
ふたたび逢はぬこひづまに
　　今し逢ふらし

まだ色青き草麦《くさむぎ》の
はたけのうちにたふれふし
燃えては熱き紅唇《くちびる》の
たがひに触るゝ夢のごと
　　かしこにかしこに
　　ふれる袖《そで》見ゆ

人のすなるを星も見て
こひつくすらんこの夕

川声《かはと》さやけしおりたちて
天《そら》より深く湧《わ》きいづる
恋の泉をうちむすび
　　今し飲むらし

乾くまもなき染紙を
落つる涙にけがしては
生命《いのち》の門《かど》をかけいでて
恋に朽ちぬる夢のごと
　　かしこにかしこに

渡るひこぼし
人のすなるを星も見て
こひつくすらんこの夕

婚姻《こんいん》の祝《いはひ》の歌

一　花よめを迎ふる
のうた

君待つ宵《よひ》のともしびは
いとゞ火影《ほかげ》も花やかに
鶴《つる》なきわたる蓬莱《ほうらい》の
千世《ちよ》のみどりを照すかな
祝の酒は香《か》にあふれ
錫《すず》の提子《ひさげ》をひたしけり

いざや門辺《かどべ》にたちいでて
君の来《きた》るをむかへなむ
星よこよひはみそらより
人の世近くくだりきて
清《す》める光に花よめの
たのしき道のしるべせよ
風よ歌へよ松が枝《え》に
小琴《をごと》をかけよひとふしは
いとしめやかに道すがら
よろこびの譜《ふ》をひけよかし
まなこをそゝげひと〴〵よ
はやかの群《むれ》はちかづきぬ
ともなひきたるをとめごの
かゞやきわたるさまを見よ

わがうるはしき花よめは
むらさきにさくあやめなり
そのころもには白《びやく》だんの
いとすぐれたるかをりあり

髪には谷の白百合の
にほへる油うちそゝぎ
むすべる見れば其帯《そのおび》に
黄金《こがね》の糸を織りなせり

いざやこよひの歓喜《よろこび》の
花のむしろにいざなひて
秋の紅葉を染めなせし
色すべり着る君を祝はん

二　さかもりのうた

ためしすくなきよろこびの
けふのむしろのめでたさに
身を酒瓶《さかがめ》となしはてて
祝の酒にひたらばや

瓶の中なる天地《あめつち》の
祝の夢に酔ひ〳〵て
心は花の香《か》に匂《にほ》ふ
楽しき春の夜《よ》に似たり

比翼《ひよく》の鳥のうちかはす
羽袖《はそで》もいとゞ新しく
天の契《ちぎ》りを目にも見る
連理《れんり》の枝のおもしろや

わがはなむこは紅《くれなゐ》の
かほばせいとゞうるはしく
まなこはひかりかゞやきて
あしたの星にまがふめり

わがはなよめは白百合の
白きころもをうちまとひ
その黒髪の露ふかく
黄菊《きぎく》の花をかざしたり

つばさならぶる鴛鴦《をしどり》も
雄鳥《をどり》の羽《はね》はまさるごと
いづれか欠《か》くる世の中に
ためしまれなるふたりかな

たれかめでたき言の葉に
神の力は奪ふとも
契《ちぎり》の酒をくみかはす
ふたりのさまを喩《たと》ふべき

いかにいかなるたくみもて
画《ゑ》筆《ふで》に色は写すとも
欠くるに慣れし彩《あや》をもて
ふたりのさまを画《ゑが》くべき

言ふにも足らじ貝の葉の
たがひに二つ相合ふて
情《なさけ》の海にたつ波の
そこによせてはかへすとも

縁《えにし》の神にゆるされて
ふたり身は世に合ふのみか
たがひに慕ふ胸の火は
心の空にもゆるかな

地にあるときは二人こそ
またき契といふべけれ
天にありても二人こそ
またき妹背《いもせ》といふべけれ

天《あま》の河原《かはら》は涸《か》るゝとも
連理の枝は朽つるとも
比翼の鳥は離るとも
二人のなかの絶ゆべしや

これを思へばよろこびの
祝の酒に酔ひくだけ
胸のたのしみつきがたく
このさかもりの歌となる

玉山《ぎよくざん》ながく倒れては
おぼつかなくも手をうちて
高砂《たかさご》の歌おもしろき
このむしろこそめでたけれ

三―農夫

農夫

凡《およ》そ万物に本末あり、改作耕稼《かうか》もまた結要あるべし。農民は朝《あした》に霧を払《はらつ》て出《い》で、夕《ゆふべ》に星を戴《いただき》て帰る。遠方野山に居る時は少し休むことあれば疇《うね》を枕《まくら》にするといへども、楽も亦其中《またそのなか》にあり。人は体を穏《やすき》に置て気を詰ること老病する本歟《もとか》。依之《これにより》、山人は体を詰め気は泰《やすらか》にするといふ。是《これ》によつて長命し、海人は体を泰にして気を詰る故《ゆゑ》に短命すといふ。気体不二なりといへども心は又替るにや。総じて下民の苦は眼を開きて上より心つきて見る、則《すなは》ち苦も亦明かにして、上の楽も亦弥《いよいよ》楽みなりといふ。耕桑《かうさう》は昼夜男女雨露にぬれて、農民辛苦すること甚《はなはだ》し。耕《たがや》し織らずんば何を以《もつ》てか三宝の其一とせん。農民は心気をくだき身を詰めて天の造化にしたがひ力《つと》むるものは良農なり。農人は遊楽の慾《よく》薄くして唯《ただ》雑食の腹に満たんことを願ふものなり。

(耕稼春秋、初巻)

序

利根川のほとりにて

一の声

見ようるはしく照る月の
緑にけぶる夜のひかり
見よゆるやかに行く水の
流れは深き利根の河
花さきにほふ川岸に
光彩《ひかり》を宿《やど》す青草《あをくさ》の
茂れるかたの静けさは
眠《ねむり》のごとく見ゆるかな

二の声

さても自在を翼《つばさ》とし
光にありて闇《やみ》を知り
みそらに居りて冥府《よみ》の世の
声を聴《き》き知るわれらさへ
かの魔界《ふるさと》を立ちいでて
かくうるはしき月の夜に
自然の業《わざ》を眺《なが》めつゝ
岸のほとりにさまよへば
飽《あ》くとしもなき今宵《こよひ》かな

三の声

あゝ疑惑《うたがひ》と悲哀《かなしみ》の
夢ひきむすぶ人の子は
いかにこよひの月を見て
夜《よる》の思《おもひ》をかさぬらん
げに人のする業《わざ》よりも
いや空《むな》しきはあらじかし
いかに望みは高くして

この天地《あめつち》を狭しとし
泣きつ笑ひつ怒りつゝ
こゝろ一つにすがるとも
そのなすわざを眺むれば
匍匐《はらば》ふ虫にいづれぞや
よしといひ又たあしといひ
むなしき岸は築くとも
かの生滅《せいめつ》の波うたば
流るゝ砂にいづれぞや

あしたゆふべの影々は
舞台《うてな》を馳《は》せてとゞまらず
来《きた》るは虹《にじ》のごとくにて
帰るは花の散るごとし
過《すぎ》にしあとを窮《きは》むれば
いづれか児戯《じぎ》にあらざらむ
消えゆくあとを眺むれば
また尋《たづ》ぬべきすべもなし

露霜《つゆしも》深き利根川の
岸辺の小田《をだ》のあさゆふべ
彼鋤鍬《すきくは》を友として
力《つと》め耕《たがや》す身なれども
家のむかしを尋ぬれば
まこと賤《いや》しき種《たね》ならず
げにわれはしもこよひより
彼の心の中《うち》に住み
雄々しき彼を誘《いざな》ひて
恋さま〴〵の夢を見せ
時に処女《をとめ》と身を化《な》して
この月影の川岸に
奇《く》しき光を投ぐるごと
あやしき影を彼に投げ
時には夢にあらはれて

安き心を奪ひ裂《さ》き
胸に霰《あられ》をそゝぎては
涙の露を落《おと》さしめ
うつゝに隠れ夢に出で
光にひそみ影に見え
もゆる試練《ためし》の火となりて
若き農夫を試みん

二の声

きけや一ふしほがらかに
遠く吹きすむしらべこそ
彼がすさびの笛ならめ

一の声

さなりさやけき月影に
笛のあるじをながむれば
まことや彼は農夫なり

三の声

よしうるはしき青草の
岸にすわりて彼を待たなん

上のまき

一　田畠の間なる小道にて

父

ゆふべ小暗《をぐら》きともしびの
油はつきて消ゆるまで
人は眠りにさそはれて
楽しき夢に入れる間《ま》も
いねられなくにたゞひとり

ひとり枕《まくら》をかき抱き
鴫《しぎ》の羽掻《はねがき》しば〳〵も
同じ思ひにかへりつゝ
このもろこしの戦《いくさ》にぞ
汝《なれ》は行かじと嘆きけむ
そのこゝろねをはかりしが
わが疑念《うたがひ》は解けざりき

今こそはかく利根川の
岸辺の草に埋《うづ》もれて
あしたに星の影を履《ふ》み
ゆふべに深き露を分け
鋤と鍬とを肩にして
賤《いや》しき業《わざ》はいとなめど
もとほまれあるものゝふの
高き流れを汲《く》める身ぞ

すぐれし馬にむちうちて
風に真弓《まゆみ》をひき鳴らし
胸に溢《あふ》るゝますらをの
ほまれは海の湧《わ》くがごと
のぞみは雲の行くがごと
雄々しかりける吾《わが》父も
草葉の影の夢にだに
汝《な》が言の葉を泄《も》れきかば
いかにはげしき紅《くれなゐ》の
血潮《ちしほ》の涙流すらむ

げに汝《なれ》はしも吾家《わがいへ》の
高きほまれを捨つるまで
世のことわりもわかぬまで
いくさを恐《おづ》る心かや

農夫

懼《おそ》れやはするよしや今
心を奪ふいかづちの
ふるふがごとく大砲《おほづつ》の
まなこの前にとゞろくも
われは静かに鍬とりて
としつき慣れし利根川の
岸辺にいでて小田《をだ》うたむ
または流るゝ弾丸《たま》飛びて
耳のほとりをかすむとも
たなれの鋤を肩にして
ゆふべの歌をうたひつゝ
いと冷やかに桑の樹《き》の
葉《は》蔭《かげ》を履《ふ》みて帰るべし

父

しからば遠き軍旅《いくさ》には
などかいでしとなげくらむ

農夫

なげかざらめや戦《たたかひ》と
なべてを思ふ吾身なり
剣《つるぎ》をとるも畠《はた》うつも
深き差別《けぢめ》はあらざらむ

われ時として畠中に
手に持つ鍬を投げ捨てて
たがやしするも畠うつも
土をかへすも草ぎるも
汗も膏《あぶら》もおろかしく
生《うま》れいでたるわれひとの

空《むな》しき生涯《いのち》一日《ひとひ》より
二日《ふたひ》につなぐためかとぞ
思へば身をも忘れつゝ
佇立《たたず》むこともありしなり
まことのさまを尋《たづ》ぬれば
　戦《たたかひ》とてもまた同じ
野末の草に流れゆく
活《い》ける血潮やいかならん
剣の霜に滅びゆく
人の運命《さだめ》やいかならん
誰《たれ》か火に入る虫のごと
活《い》ける命をほろぼして
あだし火炎《ほのほ》に身を焚《た》くの
おろかのわざをまなぶべき
嗚呼《ああ》つはものの見る夢の
花や一時《ひととき》春行かば

剣も骨も深草《ふかくさ》の
青きしげみに埋《うも》るらん
げに凄《すさ》まじき戦《たたかひ》の
あとにもましてうつし世に
いや悲しきはあらじかし

父

おろかしやそのくりごとは
夢見る人のいふことぞ

農夫

さなりうき世の闘争《あらそひ》は
いづれか夢にあらざらん

父

あゝ汝《な》が耳は聾《しひ》たれば
いかにすぐれしものゝふの

ほまれの鐘も響なし
汝《なれ》が眼《まなこ》は盲《しひ》たれば
いかにまことのたらちをの
言葉の花も色ぞなき
かりそめならぬ世のわざを
嘲《あざけ》り笑ふ言の葉は
さはやかなるに似たれども
罵《ののし》り狂ふますらをの
身の行末をながむれば
みな落魄《おちぶれ》と涙のみ

あゝわが胸は苦悶《くるしみ》と
恥辱《はぢ》と忿怒《いかり》に溢れたり
かなしあさまし世の人に
汝《な》が言の葉の泄《も》れもせば
冷《つめ》たき汗は雨のごと
いかに流れて我を浸《ひた》さん

二　まへとおなじ
小道にて

母

かくても長き夏の日を
ひとり思ひに沈みつゝ
緑の蔭《かげ》に佇《たたず》みて
いくその時を経《へ》つるぞや

ゆめな恨《うら》みそ汝《な》が父の
思ひあまりしくろがねの
拳《こぶし》のあとは紫に
深き傷《いた》みをのこすとも
そはあらそひの痕《あと》としも

思へばさこそ恨みあれ
傷みはいかに夏の日の
烈《はげ》しきさまに似たりとも
汝《な》がたらちをの秋霜《あきしも》の
教《をしへ》のほどを思ひ見よ
まだいとけなき昔より
好めるまゝに書《ふみ》も読み
もののあはれもことわりも
あらかたは知る汝が身なり
たれか好みてうめる児《こ》に
禍《わざはひ》あれと願ふべき
忍びがたきを忍びつゝ
遠き軍旅《いくさ》に行きねかし

農夫

まことやわれはますらをの
ほまれを知らぬ心より
遠きいくさに出《い》で立つを
なげくものにはあらじかし

あゝ吾《わが》胸は写すべき
言葉も知らぬかなしみを
宿《やど》せし日より昼も夜も
深き思に沈みつゝ

迷へる虫の窓にきて
かなたこなたに飛ぶがごと
天《あめ》と地《つち》とに迷ふ身の
おろかをかこつ外あらじ
このかなしみの乳房《ちぶさ》より
われさま〴〵の智慧《ちゑ》を飲み
にがき世の味《あぢ》物の裏《うら》
人のまことも虚偽《いつはり》も
あぢはふ身とはなりしなり
このかなしみはあやしくも

我をいざなひ導《みちび》きて
気は世を蓋《おほ》ふますらをの
高きほまれも夢と見せ
祭の夜の燈火《ともしび》に
戯《たは》るゝ人を影《かげ》と見せ
暗き舞台《うてな》の幻燈《うつしゑ》に
もののかたちの映るごと
世のさま〴〵を見せしめき
このかなしみは吾胸の
深き底より湧き上り
遠きいくさに行くべきを
はなたじとこそとゞむなれ

母

げにしがらみのせきとめて
流れもあへぬ谷川の
そのかなしみのあらかたも
われはとくより知れるなり

さばれかくまで言ひはりて
軍《いくさ》の旅《たび》を厭《いと》ひなば
その暁《あかつき》やいかならむ
思ふも苦し罪人《つみびと》と
名にも呼ばれてあさゆふべ
暗き牢獄《ひとや》の窓により
星の光を見るの外
身に添ふ影もあらざらん
見よ花深き川岸に
むつまじかりしまどゐさへ
させる嵐《あらし》のさわぎなば
家のむつびもたのしみも
一夜《ひとよ》のうちに破れなむ

人はこの世に生れきて

得しらぬ途《みち》を行くなれば
げにさま〴〵の山河《やまかは》を
越ゆべき旅の身なるぞや

われも思へば前髪《まへがみ》の
まだ初花《はつはな》のむかしより
はやも命の傾《かたぶ》きて
秋の霜ふるこの日まで
あるは行くへの雲深く
道なき森に迷ふごと
光もなくて明くる日は
空行く鳥を望み見て
張れる翼《つばさ》を羨《うらや》みし
その暁も多かりき
あるはなやめる旅人の
夏の緑の蔭に行き
清《す》める泉をむすぶごと
げに絶えなんとばかりにて
またも生命《いのち》にかへりてし
その夕暮も多かりき

なあやまりそあやまりそ
あゆむに難《かた》き世の路《みち》を
見よ人の行く旅路《たびぢ》には
入るべき道のありながら
出《い》づるにかたき谷間《たにあひ》の
多《おほ》かるとこそ聞くものを
あゝうらわかき旅人の
かゝるほとりに分け入りて
また帰りこぬためしさへ
世にさはなりとしるやしらずや

三　鍛冶《かぢ》の家にて

つかひの老婆

望《のぞみ》はむなし待人《まちびと》の
影はそれとも見えざりき

鍛冶のむすめ

梭《をさ》もつわざにたへかねて
ゆふぐれ窓によりつゝも
汝《な》が帰りこん時をだに
待ちわびてしはあだなりや

老　婆

かの蔭《かげ》深き緑葉《みどりば》の
柳のほとり尋ねゆき
人やきたると待ちしかど
風は空《むな》しく川岸の
草のおもてを渡るのみ
尋ぬる影はあらざりき

青きみそらに迷ひゆく
雲と雲との絶間《たえま》より
夕日はもれて利根川の
水に光彩《ひかり》を沈めつゝ
黄金《こがね》の色は川波の
ゆくへはるかに輝くも
尋ぬる人はあらざりき

ゆふべにかゝる明星の
いとゞさやかにあらはれて
深き光は夏の日に
ふたたびしらぬ空《そら》の花
影はかなたの野の家の

屋根を帯びつゝきらめくも
尋ぬる人はあらざりき

やがて川辺にたちこめし
狭霧《さぎり》のうちに閉《とざ》されて
空《むな》しく帰る渡しもり
ゆるき流れに棹《さを》さして
舟やる音は夕暮の
さみしき空にひゞけども
尋ぬる人はあらざりき

むすめ

あゝなつかしき夕暮を
人待つ時といふとかや
天《あま》の河原《かはら》に彦星の
たなばたつめと相逢《あ》ふも
さみしく更《ふ》けし夜半《よは》ならで

そは夕暮のころとかや
まだ暮れはてぬけふなれば
人待つ望みのこるらん
今一度《いまひとたび》はいでゆきて
岸のほとりを尋ね見よ

老婆

はや花草《はなぐさ》の影暗く
ねぐらにいそぐ鶏《にはとり》は
沢辺《さはべ》を帰る雛鳥《ひなどり》の
そのかず〳〵を呼ぶぞかし
竹の林のかなたには
羽音《はおと》さびしき旅鴉《たびがらす》
雲を望みて飛び行くは
群に別れて迷ふなるらん

むすめ

一

門田《かどた》にいでて
　草とりの
身のいとまなき
　昼なかは
忘るゝとには
　あらねども
まぎるゝすべぞ
　多かりき

二

夕ぐれ梭《をさ》を
　手にとりて
こゝろ静かに
　織るときは
人の得しらぬ
　思《おもひ》こそ
胸より湧きて
　流れけれ

三

あすはいくさの
　門出《かどで》なり
遠きいくさの
　門出なり
せめて別れの
　涙をば
名残《なごり》にせんと
　願ふかな

四

君を思へば
　わづらひも
照る日にとくる
　朝の露
君を思へば
　かなしみも
緑にそゝぐ
　夏の雨

五

君を思へば
　闇《やみ》の夜も
光をまとふ
　星の空
君を思へば
　浅茅生《あさぢふ》の
荒《あ》れにし野辺も
　花のやど

六

胸の思ひは
　つもれども
吹雪《ふぶき》はげしき
　こひなれば
君が光に
　照らされて
消えばやとこそ
　恨《うら》むなれ

四 林の中

農夫

時はせまりぬ利根川の
水の流れに舟浮《う》けて
都のかたに行く人を
はや岸の辺《べ》に待つならむ
なかなしみそ今は我《われ》
すでに心を定めたり
これより遠きもろこしの
軍《いくさ》の旅に行くべきぞ

むすめ

けふ別れてはいつかまた
相逢ふまでの名残ぞや
あゝ人去りて鳥なかば
鳥の行くへに花さかば
花の色香によそへつゝ
なれにし岸の青草の
上にすわりて汝《なれ》がため
幸《さち》あれかしと祈らなむ

農夫

思へばわれはこの日ごろ
あだなる夢に迷ひつゝ
かりそめならぬ汝《なれ》が身を
あやまりしこそうたてけれ

むすめ

さらば二人のえにしをば
あだなる夢と思ふかや

農夫

さなり波たつ海原《うなばら》の
底はありとも吾《わが》恋は
そこひ知らずとかこちつゝ
汝《なれ》になげきしけふまでを
あだなる夢と思ひてよ
あゝあやまりて我は早や
汝に恋する心なし

げにおろかしきわがために
汝《な》が身の花はつながれて
行くべきかたに得も行かず
いくその時を経《へ》てしぞや
なあやまりそかなしみそ
すでに冷たき石なれば
恋は用なき吾身なり

めぐみは深きたらちねに
行きてまことをつくせかし

むすめ

その言の葉の底をだに
汲《く》みしらじとにあらねども
あゝ汝《なれ》は吾生命《わがいのち》なり
われは生命に離れたり

たゞ忘れじとひとことの
頼むべきだにありもせば
いかに苦しきなやみをも
われは汝《なれ》ゆゑ忍ぶべし
いかにさかしき世の人の
笑ひはすとも聞き入れじ
さるをつれなき言の葉に

痛みを胸に残しつゝ
かくて互《たがひ》に別れなば
われはたとへば白百合の
人に折られし花のごと
今は道辺に捨てられて
いとすみやかに萎《しを》れなむ

人の望みと願ひとに
満つるかぎりはあらねども
汝夫《なれつま》となり父となり
われ妻となり母となり
世にある上はかくてこそ
縁《えにし》の甲斐《かひ》もありけめを
かゝる命運《さだめ》は朽ちてゆく
かよわき人の身の常か

農　夫

汝《なれ》あやまれりあやまれり
処女《をとめ》の胸の花一枝《はないつし》
二つとはなき色香ぞや
かりそめならぬ汝《なれ》が身の
宝を深く蔵《をさ》めてよ
あゝ心せよおろかしき
われは虫にも劣《おと》る身ぞ
空に翅《つばさ》をうちのべて
思ひのまゝに舞ふ鷹《たか》も
人と生れし我よりは
賢《かしこ》き術《すべ》を知るぞかし

はや川岸のかなたにて
喇叭《らつぱ》の響《ひびき》きこゆるは
舟のよそほひとゝのひて

呼ぶにやあらんあゝさらば
遠き軍《いくさ》に出《い》でたちて
命さだめぬ身なれども
軍《いくさ》の神のみめぐみに
われもほまれは揚げなむを
さらば汝やもたらちねの
深きめぐみをあだにせで
えにしもあらばよきかたに
末栄《さかえ》ある身を立てよ

むすめ

逢ふ時あれば二人また
別るゝ時のありぞとは
ことわりしらぬ身ならねど
かくも惜《をし》めば惜まるゝ
われら二人の名残かな

さらば再びかへりきて
戦《いくさ》がたりをなさんまで
国ことなれる春秋《はるあき》の
雨と風とを厭《いと》ひてよ
剣《つるぎ》の影の霜さえて
戦《いくさ》の野辺は寒くとも
かのほまれあるつはものの
猛《たけ》きわざには劣りそよ
あゝ利根川の水のごと
柳のかげのあさゆふべ
胸小休《をやみ》なき吾身より
涙は汝《なれ》がかたに流れん

下のまき

一　緑の樹《こ》かげにて

農　夫

はや二とせは過ぎにけり
軍《いくさ》の旅の寝覚《ねざめ》には
暁《あかつき》空《そら》に吹きすめる
喇叭《らつぱ》の声をきくごとに
思ひ浮べし故郷《ふるさと》の
今はうれしく見ゆるかな

金州城の秋深く
篝《かがり》の影の暗き夜は
露営の霜の寒さより
また倚子山《いしざん》のたゝかひの
弾丸《たま》の霰《あられ》のたばしりて
照る日も暗きさままでを
わがなつかしき故郷の
人に告げなばいかならむ

夕顔白き花影《はなかげ》に
祝《いはひ》の酒を汲《く》まむとき
心雄々しき吾父《わが》は
いかに眼《まなこ》をきらめかし
白髪《しらかみ》長きわが叔父《をぢ》は
いかに耳をばそばだてて
わが説きいづる二とせの
戦《いくさ》がたりを聞くならむ

あゝなつかしの古里《ふるさと》よ
流れかはらぬ利根川よ
遠く筑波《つくば》の青山の

聳《そび》ゆるかたの雲間より
万代《よろづよ》おなじ白き日の
光はもれて山川を
もとのまゝにも照らすかな

あゝなつかしの古里よ
国を立ちいで春秋《はるあき》の
長き夢をば重ねつゝ
今帰りきて佇立《たたず》めば
樹蔭《こかげ》はもとのふかみどり
梅の梢《こずゑ》に葉がくれて
鳴く鳥の音《ね》もこゝちよや

さてもかなたの川岸の
深き並樹《なみき》のかげにして
風さそひくる音やなに
きけば響銅《さはり》の鐃鈸《ねうはち》の

うき世にありしかなしみを
うき世の外に伝ふるは
いかなる人の野辺おくり

六道の松明《まつ》紙の旗
すでに緑に隠れたり
静かに行くをながむれば
白き楊《やなぎ》の木《こ》下《した》かげ
昼かゞやかす白張《しらはり》の
亡《な》き人送るともしびは
火《ほ》影《かげ》動《ゆる》ぎて霊魂《たましひ》の
行くへをいかに照らすらん
香《かう》のけぶりも愁《うれ》ひつゝ
天にのぼるに似たりけり
そなへの花も悲みて
地に仆《たふ》るゝに似たりけり

無礼《なめげ》はゆるせ影見えし
若き聖《ひじり》にこととはむ
そも誰人《たれびと》のなきがらを
こは送りゆく群ならん

僧

水静かなる利根川の
流れの岸に生れてし
鍛冶《かぢ》のをとめと聞きしかど
その名は君よ思ひでず

げに絶えがたき恋をしも
味《あぢ》はふ人のある世かな
かれも浮《う》きたる心より
花さきにほふあさゆふべ
岸辺の草にたづさはり
水の流にかはらじと
契《ちぎ》れる人のありしなり

そは数ふれば夏の夜の
星より多きためしかな
行くへも遠く別れては
遂《つひ》に逢瀬《あふせ》の絶えしより
若き命にさきいでし
心の春の花さへも
いつしかいとゞいたましき
わづらひとこそかはりけれ

ふたたび桃はさきかへり
ふたたび菫《すみれ》にほへども
人は空《むなし》く帰らねば
恋のなやみに朽《く》ちはてて
世にすぐれたるたをやめの
恨《うら》みやいかに長からん

農夫

それはまことか吾胸は
深き傷《いた》みを覚えたり
さばれひと〴〵待つらんを
いざや家路にいそがなむ

僧

われあまたたび万性《まんじやう》に
高き御《み》法《のり》を説きしかど
かくまで人をうごかせし
しるきためしはあらざりき
げに西風の吹けるとき
飛び散る秋の葉のごとく
思へばかれのかほばせは
死灰《しくわい》の色にかはりつゝ
その口唇《くちびる》はうちそよぐ
葦《あし》の一葉《ひとは》にまがひけり
あゝ大麦の青々と
たわにみのりし畠中《はたなか》に
彼のゆくへをながむれば
死してくだくる人のごと
さても穂かげに仆《たふ》れけむ
姿は見えず麦にうもれて

小女

一

ゆきてとらへよ
大麦の
畠《はた》にかくるゝ
小兎《こうさぎ》を

二

われらがつくる
麦畠《むぎはた》の
青くさかりと
なるものを

三

たわにみのりし
穂のかげを
みだすはたれの
たはむれぞ

四

麦まきどりの
きなくより
丸根《まるね》に雨の
かゝるまで

五

朝露しげき
星影に
片さがりなき
鍬《くは》まくら

六

ゆふづつ沈む
山のはの
こだまにひゞく
はたけうち

七

われらがつくる
麦畠の

青くさかりと
なるものを

八

ゆきてとらへよ
大麦の
畠にかくるゝ
小兎を

二 深夜

農夫

小夜《さよ》ふけにけりたゞひとり
流れに沿ふて照る月の
影を望めば白銀《しろがね》の
みそらの弓につがひてし
高き光の矢は落ちて
わが小休《をやみ》なき胸を射る

草木も今や沈まりて
昼の響《ひびき》は絶えにけり
世のあらそひもわづらひも
深き眠りにつゝまれて
いとゞ楽しき夏の夜の
短かき夢に入りにけり
風呼び起し雲に乗る
高光《たかひか》りますすめろぎも
剣《つるぎ》をぬきてたちて舞ふ
猛《たけ》き心のますらをも
今は静かに枕《まくら》して
をさなごのごと眠るらん

昼も夜《よ》もなく行く川の

声なきかたを眺《なが》むれば
羽《は》袖《そで》もいとゞ力なく
空《むな》しき水に飛ぶ蛍《ほたる》
あゝそのかげは亡《な》き人の
香《にほひ》の魂《たま》か汝《なれ》もまた
ありし昔の思ひ出に
岸辺の草に迷ふらん

あふるゝばかり湧《わ》きいづる
血潮と遠き望みとは
また堪へがたきかなしみの
そのしがらみにせかれつゝ
うたゝ苦しき煩悶《たたかひ》を
人にはつゝみかくすとも
あふげば深く吾胸に
さし入る月の光には
げに覆《おほ》ふべき影もなし

なにを心の柱とし
なにを吾身の宿とせむ
忍ぶとすれど夜の月の
空行くかげを見るときは
万事《よろづ》の映《うつ》る心地して
涙流れてとゞまらず

時には親もはらからも
家も宝も捨てはてて
世のあざけりと身の恥辱《はぢ》を
思ふいとまのあらばこそ
すがりとゞむるものあらば
蹴《け》落《おと》すまでも破りいで
行くへも知らず黒雲《くろくも》の
風に乱れて迷ふごと
またはいざよふ大舟《おほふね》の

海に流れて落つるごと
または秋鳴く雁《かり》がねの
ひとりみそらに飛べるごと
身はよるべなくうらぶれて
道なき野辺に分けて入り
あるは身に添ふ光なく
遠き浦辺にさまよひて
知る人もなき花草《はなぐさ》に
埋《うも》れはてんと思ふなり

時にはたえて人の世の
響かよはぬ寺に入り
紅《あか》き涙を墨染の
衣《ころも》の袖につゝみつゝ
光をまとふみ仏《ほとけ》の
霊机《つくゑ》の前にひざまづき
風吹く時は暁《あかつき》の
読経《どきやう》に夢を破りすて
雨ふる時は夕暮の
鐘に心を澄ましつゝ
よしや苦しき雪山《せつざん》の
氷を胸にそゝぐとも
身にまつはれるかなしみを
のがれいでんと思ふなり

時には早く死にうせて
朽《く》つる形骸《むくろ》をひきはなれ
たゞ霊魂《たましひ》の身となりて
暗き幽府《よみぢ》に迷ひゆき
かの亡《な》き人と亡き我と
魂《たま》と魂《たま》とは抱《いだ》き合ひ
いかに他界の風吹きて
われら二人を飛ばすとも
いかに不断の火はもえて

われら二人を焼くとても
二人の魂《たま》は常闇《とこやみ》に
離れじ朽ちじ亡《ほろ》びじと
契《ちぎ》らまほしく思ふなり

げにその昔ふたりして
楽しく仰ぎ見し時も
今は心の萎《しを》れつゝ
涙にぬれて見る時も
同じ光にかゞやきて
落ちて声なき月の影

（一番鶏《どり》の声きこゆ）

鶏《にはとり》鳴きぬ指をりて
その声々を数ふれば
眠りの墓にとざされて
深く沈めるこの夜《よ》やも
はや生命《いのち》あるかの日にぞ
よみがへるらん

いつまでか
かくてあるべき嗚呼《ああ》われは
今は心を定めたり

わが黒髪はぬれ乱れ
わが口唇《くちびる》はうちふるふ
胸の傷《いた》みに堪へかねて
くるしきさまをたとふれば
枝に別れて落つる葉の
疾《はげ》しき風に随《したが》ひて
たゞよふ身こそ悲しけれ
力烈《はげ》しきいかづちの
ふるふがごとくわが魂《たま》は

いたくもふるひわなゝきて
思ひなやめる吾胸の
旧《ふる》き望みは絶えにけり

あゝわづらひを盛《も》り入れし
身は盃《さかづき》に似たりけり
流れて落つる河波《かはなみ》よ
汝《なれ》も流れのきはみまで
行きなば行きね遠海《とほうみ》に
落ちなば落ちねわれもまた
おもひひとしく溢《あふ》れいで
この盃を傾《かたぶ》けむ

誰《たれ》か破《や》れにし古瓶《ふるかめ》に
みどりの酒をかへすべき
誰か波うつ磯際《いそぎは》に
流るゝ砂をとゞむべき

さらばこれより亡き人の
家のほとりを尋ね見て
雲に浮びて古里《ふるさと》を
のがるゝ時の名残にもせむ

三　鍛冶《かぢ》の家のほとりにて

鍛冶

一

宝はあはれ
　　砕けけり
さなり愛児《まなご》は
　　うせにけり
なにをかたみと

ながめつゝ
こひしき時を
　忍ぶべき

二

ありし昔の
　香ににほふ
薄《うす》はなぞめの
　帯よけむ
麗《うる》はしかりし
　黒髪の
かざしの紅《あか》き
　珠《たま》よけむ

三

帯はあれども
　老《おい》が身に
ひきまとふべき
　すべもなし
珠《たま》はあれども
　白髪《しらかみ》に
うちかざすべき
　すべもなし

四

ひとりやさしき
　面影《おもかげ》は
眼《まなこ》の底に
　とゞまりて
あしたにもまた
　ゆふべにも
われにともなふ
　おもひあり

五

あゝたへがたき
　くるしみに
おとろへはてつ
　炉前《ほどまへ》に
仆《たふ》れかなしむ
　をり〱は
面影さへぞ
　力なき

六

われ中槌《なかつち》を
　うちふるひ
ほのほの前に
　はげめばや
胸にうつりし
　亡き人の
語らふごとく
　見ゆるかな

七

あな面影の
　わが胸に
活《い》きて微笑《ほほゑ》む
　たのしさは
やがてつとめを
　いそしみて
かなしみに勝つ
　生命《いのち》なり

八

汗はこひしき
　涙なり

労働《つとめ》は活《い》ける
　思《おも》ひなり
いでやかひなの
　折るゝまで
けふのつとめを
　いそしまむ

農夫

歌ふをきけばいさましや
さてもその歌なつかしや
枕をうちてよもすがら
なげきあかせしものならで
誰《たれ》かかくまでなつかしき
歌の心を思ふべき
さなり大方《おほかた》世の常の
親のさばかりいとし子を

傷《いた》む心に沈みなば
たゞひたすらに悲哀《かなしみ》の
涙にぬれつこがれつゝ
心砕けつありなんを
または命をはかなみて
夢に驚く心より
哭《なげ》きたふるゝ暁《あかつき》は
活《い》ける血潮も枯れなむを

汗はこひしき涙とや
労働《つとめ》は活《い》ける思《おも》ひとや
あゝうらわかき吾身すら
たゞかなしみに掩《おほ》はれて
利根の岸なる古里《ふるさと》に
かへりし日より鋤鍬《すきくは》を
手に持つ力なきものを
流るゝ汗のしたゝりて

かの白髪《しらかみ》はぬるゝまで
烈火《ほのほ》のなかの紅焔《あかやき》や
濃《こ》青《あを》に見ゆる純鉄《じゆんてつ》は
やがてかはれる紅《べに》の色
うてば流るゝ鉄滓《てつかす》の
光となりて散らば散れ
こひつむせびつ中槌《なかつち》の
力をふるふ雄々しさよ

げにいさましや亡《な》き人の
そのたらちをのかくまでも
今の力に鞭《むちう》ちて
昨日《きのふ》の夢と戦へる
活ける姿にくらぶれば
われかなしみの墓深く
はやも小《を》暗《ぐら》き穴に入り
若き命はありながら
埋《うも》れ朽つるに似たるかな

あゝあやまちぬ年老いて
霜ふる髪は乱れつゝ
流るゝ汗にうるほふも
手には膏《あぶら》をしぼりきて
烈火《ほのほ》にむかふ人のごと
われもふたたび利根川の
岸のほとりの青草の
しげれるかたに小田《をだ》うちて
雄々しき心かきおこし
うれひに勝ちて戦はむ

さなり朧《おぼろ》の春の夜の
その一時《ひととき》の夢を見て
たゞ花に酔ふ蝶《てふ》のごと
はかなくてのみ過す日は

すでに昔となりにけり
今は緑の樹の蔭《かげ》に
かの智慧《ちゑ》の葉の生《お》ひ茂り
活ける潮《うしほ》は流れきて
ゆふべの夢を洗ひつゝ
動ける虫は巣を出《い》でて
草のしげみにはひめぐり
力あふるゝ姿こそ
げにこのごろの夏なれや

望みをさそふ朝風は
樹々《きぎ》の梢《こずゑ》をわたりけり
あゝよしさらば白百合の
花さきにほふ川岸の
故《むかし》の園《その》に立ち帰りみん

夏草の後にしるす

保福寺峠鳥居峠を越えて木曾に入りしはこの夏七月の中旬なりき。福島の高瀬氏はわが姉の嫁《とつ》ぎたるところにて、家は木曾川のほとりなる小丘に倚《よ》りて立てり。門を出でて見れば大江滔々《たうたう》として流る。われこの家にありて、峨々《がが》たる高山の壮観に接し、淙々《そうそう》たる谿谷《けいこく》の深声を耳にし、露たのしく風すゞしきあした、又は雨さびしく鳥かなしき夕、興に乗じてつゞりなせる夏の日のうたぐさを集めたるはこのふみなり。

八月木曾川の岸にはうるひ、露菊のたぐひさき乱れ、山には石斛《せきこく》、岩千鳥、鷺草《さぎさう》など咲きいでて、さすが名に負ふ谷間のことなれば、異花の奇香を放つもの少なからず。河鹿《かじか》なく声も稀《まれ》になりゆきて、桑摘《くはつみ》の鄙歌《ひなうた》おもしろく聞ゆるころより、高瀬氏の後園には草花のながめことにうれしく、九月に入りては白壁のかげなる秋海棠《しうかいだう》の花もさき出でぬ。われは朝夕この花園に逍遥《せうえう》するの楽みありければ、枝たわゝなる夏梨《かりん》のかげ、葡萄棚《ぶだうだな》のもと、または百合畠の間などにありて、海の如《ごと》き青空に夏雲の往来《ゆきき》するを望み、もしくは夕顔棚のほとりにありて、老いたる農夫と共にいつはり薄き風俗のさま、祭の夜の賑《にぎや》かさ、耕作の上のことなど語りつゝ田舎風情《ふぜい》を味ひき。

旧暦七月十五夜には月ことにあかくこの谿谷にさし入りぬ。われは家族と共に今昔の物語を楽みたりき。甥《をひ》なるひとはわれと年僅《わづか》に三つばかりたがひたれば、殆《ほとん》どまことのはらからのごとく、常に起臥《きぐわ》を同《おなじ》ふして、共に読み共に語り、なにくれとこゝろづけくるゝ情のほどもうれし。家には昔より伝はれる古画古書または陶器漆器香具のたぐひなど少なからず、われはこれがために好古の性癖を擅《ほしいまま》にせしのみか、また蔵に納めたる図書を見るの楽みも多かりき。このふみは高瀬氏と姉とのたまものといふべきなり。

げに、美妙なる色彩に眩惑《げんわく》せられて内部の生命の捉《とら》へ難《がた》きを思ふ時、人力の薄弱にして深奥《しんあう》なる自然を透視するの難きを思ふ時、芸術の愛慕足らざるを思ふ時、古人がわが詩を作るは自己を鞭《むちう》つなりといへる言の葉の甚深《じんしん》なるを嘆ぜずんばあらず。夏草はわが自ら責むるの児にすぎざるのみ。

落梅集

鸕鶿杓鸚鵡杯
百年三万六千日
一日須傾三百杯
遥看漢水鴨頭緑
恰似葡萄初醱醅
此江若変作春酒
畳麴便築糟丘台
千金駿馬換小妾
笑座雕鞍歌落梅
車傍側掛一壺酒
鳳笙竜管行相催

李青蓮

一　千曲川旅情の歌

小諸《こもろ》なる
　古城のほとり

小諸なる古城のほとり
雲白く遊子《いうし》悲しむ
緑なす蘩蔞《はこべ》は萌《も》えず
若草も藉《し》くによしなし
しろがねの衾《ふすま》の岡辺
日に溶《と》けて淡雪《あはゆき》流る

あたゝかき光はあれど
野に満つる香《かをり》も知らず
浅くのみ春は霞《かす》みて
麦の色はづかに青し
旅人の群《むれ》はいくつか
畠中の道を急ぎぬ

暮れ行けば浅間も見えず
歌哀《かな》し佐久の草笛《くさぶえ》
千曲川いざよふ波の
岸近き宿にのぼりつ
濁《にご》り酒濁れる飲みて
草枕《くさまくら》しばし慰む

千曲川のほとりにて

昨日またかくてありけり
今日もまたかくてありなむ

この命なにを齷齪《あくせく》
明日をのみ思ひわづらふ

いくたびか栄枯《えいこ》の夢の
消え残る谷に下りて
河波のいざよふ見れば
砂まじり水巻き帰る

嗚呼《ああ》古城なにをか語り
岸の波なにをか答ふ
過《いに》し世を静かに思へ
百年《ももとせ》もきのふのごとし

千曲川柳霞みて
春浅く水流れたり
たゞひとり岩をめぐりて
この岸に愁《うれひ》を繋《つな》ぐ

労働

一　朝

朝はふたたびこゝにあり
朝はわれらと共にあり
埋《うも》れよ眠《ねむり》行けよ夢
隠れよさらば小《さ》夜嵐《よあらし》

諸羽《もろは》うちふる鶏は
咽喉《のんど》の笛を吹き鳴らし
けふの命の戦闘《たたかひ》の
よそほひせよと叫ぶかな

野に出《い》でよ野に出でよ
稲の穂は黄《き》にみのりたり

草鞋《わらぢ》とく結《ゆ》へ鎌《かま》も執《と》れ
　風に嘶《いなな》く馬もやれ

雲に鞭《むち》うつ空の日は
語らず言はず声なきも
人を励《はげ》ます其音《そのおと》は
野山に谷にあふれたり

流るゝ汗《あせ》と膩《あぶら》との
落つるやいづこかの野辺に
名も無き賤《しづ》のものゝふを
来《きた》りて護《まも》れ軍神《いくさがみ》

野に出でよ野に出でよ
稲の穂は黄にみのりたり
　草鞋とく結へ鎌も執れ
　風に嘶く馬もやれ

あゝ綾絹《あやぎぬ》につゝまれて
為《な》すよしも無く寝《い》ぬるより
薄き襤褸《つづれ》はまとふとも
活《い》きて起《た》つこそをかしけれ

匍匐《はらば》ふ虫の賤《しづ》が身に
羽翼《つばさ》を恵むものや何《なに》
酒か涙か歎息《ためいき》か
迷《まよひ》か夢か皆《み》なあらず

野に出でよ野に出でよ
稲の穂は黄にみのりたり
　草鞋とく結へ鎌も執れ
　風に嘶く馬もやれ

さながら土に繋《つな》がるゝ

重き鎖《くさり》を解きいでて
いとゞ暗きに住む鬼の
笞《しもと》の責《せめ》をいでむ時

口には朝の息を吹き
骨には若き血を纏《まと》ひ
胸に驕慢《けうまん》手に力
霜葉《しもは》を履《ふ》みてとく来《きた》れ

野に出でよ野に出でよ
稲の穂は黄にみのりたり
草鞋とく結へ鎌も執れ
風に嘶く馬もやれ

二　昼

誰《たれ》か知るべき秋の葉の
落ちて樹《き》の根の埋《うづ》むとき
重く声無き石の下
清水《しみづ》溢《あふ》れて流るとは

誰か知るべき小《を》山田《やまだ》の
稲穂《いなほ》のたわに実《みの》るとき
花なく香《か》なき賤《しづ》の胸
生命《いのち》踊《をど》りて響くとは

共に来て蒔《ま》き来て植ゑし
田の面《も》に秋の風落ちて
野辺《のべ》の琥珀《こはく》を鳴らすかな
刈《か》り乾《ほ》せ刈り乾せ稲の穂を

血《ち》潮《しほ》は草に流さねど
力うちふり鍬《くは》をうち
天《てん》の風雨《あらし》に雷霆《いかづち》に
わが闘《たたか》ひの跡やこゝ

見よ日は高き青空の
端《はて》より端を弓として
今し父の矢母の矢の
光を降らす真昼中《まひるなか》

共に来て蒔き来て植ゑし
田の面に秋の風落ちて
野辺の琥珀を鳴らすかな
刈り乾せ刈り乾せ稲の穂を

左手《ゆんで》に稲を捉《つか》む時
右手《めて》に利鎌《とがま》を握《にぎ》る時
胸満ちくれば火のごとく
骨と髄《ずい》との燃ゆる時

土と塵埃《あくた》と泥《どろ》の上《へ》に
汗《あせ》と膩《あぶら》の落つる時
緑にまじる黄《き》の茎《くき》に
烈《はげ》しき息のかゝる時

共に来て蒔き来て植ゑし
田の面に秋の風落ちて
野辺の琥珀を鳴らすかな
刈り乾せ刈り乾せ稲の穂を

思へ名も無き賤《しづ》ながら
遠きに石を荷《にな》ふ身は
夏の白雨《ゆふだち》過ぐるごと
ほまれ短き夢ならじ

生命《いのち》の長き戦闘《たたかひ》は
こゝに音無し声も無し
勝ちて桂《かつら》の冠《かんむり》は

はづかに白き頬《ほほ》かぶり

共に来て蒔き来て植ゑし
田《た》の面《も》に秋の風落ちて
野辺の琥珀を鳴らすかな
刈り乾せ刈り乾せ稲の穂を

三　暮

揚げよ勝鬨《かちどき》手を延《の》べて
稲葉を高くふりかざせ
日暮れ労《つか》れて道の辺に
倒るゝ人よとく帰れ
彩雲《あやぐも》や
落つる日や
行く道すがら眺《なが》むれば
秋天《しうてん》高き夕まぐれ
共に蒔き
共に植ゑ
共に稲穂を刈り乾して
歌ふて帰る今の身に
ことしの夏を
かへりみすれば
嗚呼《ああ》わが魂《たま》は
わなゝきふるふ
この日怖《おそ》れをかの日に伝へ
この夜望みをかの夜に繋《つな》ぎ
門《かど》に立ち
野辺に行き
ある時は風高くして
青草《あをくさ》長き谷の影
雲に嵐《あらし》に稲妻《いなづま》に
行先《ゆくて》も暗く声を呑《の》み
ある時は夏寒くして
山の鳩《はと》啼《な》く森の下

たま〱虹《にじ》に夕映《ゆふばえ》に
末のみのりを祈りてき
それは逝《ゆ》き
これは来て
餓《うゑ》と涙と送りてし
同じ自然の業《わざ》ながら
今は思ひのなぐさめに
光をはなつ秋の星
あゝ勇みつゝ踊りつゝ
諸手《もろて》をうちて笑ひつゝ
樹下《こした》の墓を横ぎりて
家路に通《かよ》ふ森の道
眠る聖《ひじり》も盗賊《ぬすびと》も
皆な土くれの苔一重《こけひとへ》
霧立つ空に入相《いりあひ》の
精舎《しやうじや》の鐘の響く時
あゝ驕慢《けうまん》と歓喜《よろこび》と
力を息に吹き入れて
勝ちて帰るの勢《いきほひ》に
揚げよ楽しき秋の歌

常盤樹《ときはぎ》

あら雄々《をを》しきかな傷《いた》ましきかな
かの常盤樹の落《お》ちず枯れざる
常盤樹の枯れざるは
百千《ももち》の草の落つるより
傷ましきかな
其《その》枝に懸《かか》る朝の日
其幹を運《めぐ》る夕月
など行く旅の迅速《すみやか》なるや
など電《いなづま》の影と馳《は》するや
蝶《てふ》の舞

花の笑《ゑみ》
など遊ぶ日の世に短きや
など其酔《そのゑひ》の早く醒《さ》むるや
虫《むし》草の葉に悲《かな》しめば
一時《ひととき》にして既《すで》に霜
鳥潮《とりしほ》の音《ね》に驚けば
一時にして既に雪
木枯《こがらし》高く秋落ちて
自然の色はあせゆけど
大力《だいりき》天を貫きて
坤軸《こんぢく》遂《つひ》に静息《やすみ》なし
ものみな速くうらがれて
長き寒さも知らぬ間に
汝《いまし》 千歳《ちとせ》の時に嘯《うそぶ》き
独《ひと》りし立つは何《なに》の力ぞ
白銀《しろがね》の花霏々《ひひ》として
吹雪《ふぶき》の煙闇《くら》き時

四方《よも》は氷に閉されて
江《え》海《うみ》も音をひそむ時
汝《いまし》 緑の蔭《かげ》も朽《く》ちせず
空を凌《しの》ぐは何の力ぞ
立てよ友なき野辺《のべ》の帝王《すめらぎ》
ゆゝしく高く立てよ常盤樹
汝の長き春なくば
山の命も老いなんか
汝の深き息なくば
谷の響も絶えなんか
あしたには葉をうつ霙《みぞれ》
ゆふべには枝うつ霰《あられ》
千草《ちぐさ》も知らぬ冬の日の
嵐《あらし》に叫ぶうきなやみ
いづれの日にか
氷は解けて
其《その》葉の涙

消えむとすらん
あゝよしさらば枝も摧《くだ》けて
終《をはり》の色の落ちなん日まで
雲浮かば
無縫《むほう》の天衣《てんい》
風立たば
不朽《ふきう》の緒琴《をごと》
おごそかに
立てよ常盤樹
あら雄々しきかな傷ましきかな
かの常盤樹の落ちず枯れざる
常盤樹の枯れざるは
百千《ももち》の草の落つるより
傷ましきかな

寂寥

岸の柳は低くして
羊の群の絵にまがひ
野薔薇《のばら》の幹は埋《うづ》もれて
流るゝ砂に跡もなし
蓼科山《たでしなやま》の山なみの
麓《ふもと》をめぐる河水や
魚住む淵《ふち》に沈みては
鴨《かも》の頭の深緑
花さく岩にせかれては
天の鼓《つづみ》の楽《がく》の音
さても水瀬《みなせ》はくちなはの
かうべをあげて奔《はし》るごと
白波高くわだつみに
流れて下る千曲川

あした炎をたゝかはし
ゆふべ煙をきそひてし
駿河《するが》にたてる富士の根も
今はさびしき日の影に
白く輝く墓のごと
はるかに沈む雲の外
これは信濃《しなの》の空高く
今も烈《はげ》しき火の柱
雨なす石を降らしては
みそらを焦《こが》す灰けぶり
神夢さめし天地《あめつち》の
ひらけそめにし昔より
常世《とこよ》につもる白雪は
今も無間《むけん》の谷の底
湧《わ》きてあふるゝ紅《くれなゐ》の
血潮の池を目にみては

布引《ぬのびき》に住むはやぶさも
翼をかへす浅間山
あゝ北佐久の岡の裾《すそ》
御牧《みまき》が原の森の影
夢かけめぐる旅に寝て
安き一日《ひとひ》もあらねばや
高根の上にあか〱と
燃ゆる炎をあふぐとき
み谷の底の青巌《あをいは》に
逆まく浪をのぞむとき
かしこにこゝに寂寥《さびしさ》の
その味はひはにがかりき
あな寂寥《さびしさ》や其《そ》の道は
獣《けもの》の足の跡のみか
舞ひて見せたる大空の

鳥のゆくへのそれのみか
さてもためしの燈火《ともしび》に
若き心をうかゞへば
人の命の樹下蔭《こしたかげ》
花深く咲き花散りて
枝もたわゝの智慧《ちゑ》の実を
味ひそめしきのふけふ
人のなさけも薄からむ
知らずばなにか旅の身に
知らずばなにか移る世に
仮の契《ちぎ》りもあだならむ
一つの石のつめたきも
万《よろづ》の声をこゝに聴《き》き
一つの花のたのしきも
千々《ちぢ》の涙をそこに観る
あな寂寥《さびしさ》や吾《わが》胸の
小休《をやみ》もなきを思ひみば

あはれの外《ほか》のあはれさも
智慧《ちゑ》のさゝやくわざぞ是《これ》
かの深草の露の朝
かの象潟《きさがた》の雨の夕
またはカナンの野辺の春
またはデボンの岸の秋
世をわびびとの寝覚《ねざめ》には
あはれ鶉《うづら》の声となり
うき旅人の宿りには
ほのかに合歓《ねむ》の花となり
羊を友のわらべには
日となり星の数となり
麦に添《そ》ひ寝《ね》の農夫には
はつかねずみとあらはれて
あるは形にあるは音《ね》に
色ににほひにかはるこそ

いつはり薄き寂寥よ
いづれいましのわざならめ

さなりおもては冷やかに
いとつれなくも見ゆるより
深き心はあだし世の
人に知られぬ寂寥よ
むかしいましが雪山《せつざん》の
仏の夢に見えしとき
かりに姿は花も葉も
根もかぎりなき薬王樹
むかしいましが沅湘《げんしやう》の
水のほとりにあらはれて
楚《そ》に捨てられしあてびとの
熱き涙をぬぐふとき
かりにいましは長沙羅《ちやうさら》の
鄂渚《がくしよ》の岸に生《お》ひいでて
ゆふべ悲しき秋風に
香《にほ》ひを送る蕙《けい》の草
またはいましがパトモスの
離れ小島にあらはれて
歎き佇《たふ》るゝひとり身の
冷たき夢をさますとき
かりに面《おもて》は照れる日や
首はゆふべの空の虹《にじ》
衣《ころも》はあやの雲を着て
足は二つの火の柱
黙示をかたる言の葉は
高きらつぱの天の声

思へばむかし北のはて
舟路侘《わび》しき佐渡が島
雲に恋しき天《あま》つ日の
光も薄く雪ふれば

毘藍《びらん》の風は吹き落ちて
梵音声《ぼんおんじやう》を驚かし
岸うつ波は波羅蜜《はらみつ》の
海潮音《かいてうおん》をとゞろかし
朝霜ふれば袖《そで》閉ぢて
衣は凍る鴛鴦《をし》の羽
夕霜ふれば現《うつ》し身に
八つのさむさの寒苦鳥《かんくどり》
ましてや国の罪人《つみびと》の
安房《あは》の生れの梅陀羅《あま》が子を
あな寂寥《さびしさ》や寂寥や
ひとりいましにあらずして
天にも地にも誰《たれ》かまた
そのかなしみをあはれまむ

げに昼の夢夜の夢
旅の愁《うれひ》にやつれては
日も暖《あたたか》に花深き
空のかなたを慕ふとき
なやみのとげに責められて
袖に涙のかゝるとき
汲《く》みて味ふ寂寥の
にがき誠の一雫《ひとしづく》

秋の日遠しあしたにも
高きに登りゆふべにも
流れをつたひ独りして
ふりさけ見れば鳥影の
天の鏡に舞ふかなた
思ひを閉す白雲の
浮べるかたを望めども
都は見えず寂寥よ
来《きた》りてわれと共にかたりね

炉《ろ》辺《へん》

散文にてつくれる即興詩

あら荒くれたる賤《しづ》の山住や顔も黒し手
も黒しすご〳〵と林の中を帰る藁草履《わらざうり》
の土にまみれたるよ

こゝには五十路《いそぢ》六十路《むそぢ》を経つゝまだ海
知らぬ人々ぞ多き

炭焼の烟《けむり》をながめつゝ世の移り変るも
知らで谷陰にぞ住める

蒲公英《たんぽぽ》の黄に蕗《ふき》の花の白きを踏みつゝ
慣れし其《その》足何《なん》ぞ野獣の如《ごと》き

岡のべに通《かよ》ふ路《みち》には野苺《のいちご》の実を垂るゝ
あり摘みて舌うちして年を経にけり

和布売《わかめうり》の越後の女三々五々群をなして
来《きた》る呼びて窓に倚《よ》りて海の藻《も》を買ふぞ
ゆかしき

大豆《だいづ》を売りて皿《さら》の上に載せたる塩鮭《しほさけ》の
肉《にく》塩鮭何の磯《いそ》の香もなき

年々の暦と共に壁に煤《すす》けたる錦絵《にしきゑ》を見
れば海ありき広重《ひろしげ》の筆なりき

爺《ぢぢ》は波を知らず婆《ばば》は潮の音《ね》を知らず孫
は千鳥を鶏《にはとり》の雛《ひな》かとぞ思ふ

たま〳〵伊勢詣《いせまうで》のしるしにとて送られし貝の一ひらを見れば大わだつみのよろづの波を彫《きざ》めるとぞ言ひし言の葉こそ思ひいでらるれ

品川の沖によるといふなる海苔《のり》の新しきは先《ま》づ棚《たな》の仏にまゐらせて山家にありて遠く海草の香《か》をかぐとぞいふばかりなる

二—胸より胸に

めぐり逢《あ》ふ
君やいくたび

めぐり逢ふ君やいくたび
あぢきなき夜《よ》を日にかへす
吾命《わが》暗《やみ》の谷間も
君あれば恋のあけぼの

樹《き》の枝に琴《こと》は懸《か》けねど
朝風の来て弾《ひ》くごとく
面影《おもかげ》に君はうつりて
吾胸を静かに渡る

雲迷ふ身のわづらひも
紅《くれなゐ》の色に微笑《ほほゑ》み
流れつゝ冷《ひ》ゆる涙も
いと熱き思《おもひ》を宿す

知らざりし道の開けて
大空は今光なり
もろともにしばしたゝずみ
新しき眺《なが》めに入らん

あゝさなり
君のごとくに

あゝさなり君のごとくに
何かまた優《やさ》しかるべき

帰り来てこがれ侘《わ》ぶなり
ねがはくは開けこの戸を
ひとたびは君を見棄てて
世に迷ふ羊なりきよ
あぢきなき石を枕《まくら》に
思ひ知る君が牧場《まきば》を

楽しきはうらぶれ暮し
泉なき砂に伏す時
青草の追懐《おもひで》ばかり
悲しき日楽しきはなし

悲しきはふたたび帰り
緑なす野辺《のべ》を見る時
飄泊《さまよひ》の追懐《おもひで》ばかり
楽しき日悲しきはなし

その笛を今は頼まむ
その胸にわれは息《いこ》はむ
君ならで誰《たれ》か飼《か》ふべき
天地《あめつち》に迷ふ羊を

思《おもひ》より思をたどり

思より思をたどり
樹下《こした》より樹下をつたひ
独《ひと》りして遅く歩《あゆ》めば
月今夜《こよひ》幽《かす》かに照らす

おぼつかな春のかすみに
うち煙《けぶ》る夜の静けさ

仄白《ほのしろ》き空の鏡は
俤《おもかげ》の心地こそすれ

物皆はさやかならねど
鬼の住む暗《やみ》にもあらず
おのづから光は落ちて
吾顔《わがかほ》に触《ふ》るぞうれしき

其《その》光こゝに映りて
日は見えず八重《やへ》の雲路《くもぢ》に
其影はこゝに宿りて
君見えず遠《とほ》の山川

思ひやるおぼろ〳〵の
天《あま》の戸《と》は雲かあらぬか
草も木も眠《ねむ》れるなかに
仰ぎ視《み》て涕《なみだ》を流す

吾恋《わがこひ》は　河辺《かはべ》に生《お》ひて

吾恋は河辺に生ひて
根を浸《ひた》す柳《やなぎ》の樹《き》なり
枝延《のび》て緑なすまで
生命《いのち》をぞ君に吸《す》ふなる

北のかた水去り帰り
昼も夜も南を知らず
あゝわれも君にむかひて
草を藉《し》き思《おもひ》を送る

吾胸《わが》の　底のこゝには

吾胸の底のこゝには
言ひがたき秘密《ひめごと》住めり
身をあげて活《い》ける牲《にへ》とは
君ならで誰《たれ》かしらまし

もしやわれ鳥にありせば
君の住む窓に飛びかひ
羽《は》を振りて昼は終日《ひねもす》
深き音《ね》に鳴かましものを

もしやわれ梭《をさ》にありせば
君が手の白きにひかれ
春の日の長き思《おもひ》を

その糸に織らましものを
もしやわれ草にありせば
野辺《のべ》に萌《も》え君に踏まれて
かつ靡《なび》きかつは微笑《ほほゑ》み
その足に触れましものを

わがなげき衾《しとね》に溢《あふ》れ
わがうれひ枕《まくら》を浸《ひた》す
朝鳥《あさとり》に目さめぬるより
はや床《とこ》は濡《ぬ》れてたゞよふ

口唇《くちびる》に言葉ありとも
このこゝろ何か写さん
たゞ熱き胸より胸の
琴《こと》にこそ伝ふべきなれ

君こそは
遠音《とほね》に響く

君こそは遠音に響く
入相《いりあひ》の鐘にありけれ
幽《かす》かなる声を辿《たど》りて
われは行く盲目《めしひ》のごとし

君ゆゑにわれは休まず
君ゆゑにわれは仆《たふ》れず
嗚呼《ああ》われは君に引かれて
暗き世をはづかに捜《さぐ》る

たゞ知るは沈《しづ》む春日《はるび》の
目にうつる天《そら》のひらめき
なつかしき声するかたに

花深き夕《ゆふべ》を思ふ

吾《わが》足は傷《きず》つき痛み
吾《わが》胸は溢《あふ》れ乱れぬ
君なくば人の命に
われのみや独《ひとり》ならまし

あな哀《かな》し恋の暗《やみ》には
君もまた同じ盲目《めしひ》か
手引せよ盲目の身には
盲目こそうれしかりけれ

　　こゝろをつなぐ
　　　しろかねの

こゝろをつなぐ銀《しろかね》の
鎖《くさり》も今はたえにけり
こひもまこともあすよりは
つめたき砂にそゝがまし

顔もうるほひ手もふるひ
逢《あ》ふてわかれををしむより
人目の関《せき》はへだつとも
あかぬむかしぞしたはしき

形となりて添はずとも
せめては影と添はましを
たがひにおもふこゝろすら
裂《さ》きて捨つべきこの世かな

おもかげの草かゝるとも
古《ふ》りてやぶるゝ壁のごと
君し住まねば吾《わが》胸は

つひにくだけて荒れぬべし
一歩に涙五歩に血や
すがたかたちも空の虹《にじ》
おなじ照る日にながらへて
永き別《わか》れ路《ぢ》見るよしもなし

黄昏《たそがれ》

つと立ちよれば垣根《かきね》には
露草の花さきにけり
さまよひくれば夕雲や
これぞこひしき門辺《かどべ》なる
瓦《かはら》の屋根に烏《からす》啼《な》き
烏帰りて日は暮れぬ
おとづれもせず去《い》にもせで
蛍《ほたる》と共にこゝをあちこち

枝うちかはす梅と梅

枝うちかはす梅と梅
梅の葉かげにそのむかし
鶏《とり》は鶏とし並《なら》び食ひ
われは君とし遊びてき
空風吹けば雲離れ
別れいざよふ西東
青葉《あをば》は枝に契《ちぎ》るとも
緑は永くとゞまらじ

水去り帰る手をのべて
誰《た》れか流れをとゞむべき
行くにまかせよ嗚呼《ああ》さらば
また相見んと願ひしか

遠く別れてかぞふれば
かさねて長き秋の夢
願ひはあれど陶磁《すゑもの》の
くだけて時を傷《いた》みけり

わが髪長く生ひいでて
額の汗を覆《おほ》ふとも
甲斐《かひ》なく珠《たま》を抱《いだ》きては
罪多かりし草枕

雲に浮びて立ちかへり
都の夏にきて見れば
むかしながらのみどり葉は
蔭《かげ》いや深くなれるかな

わかれを思ひ逢瀬《あふせ》をば
君とし今やかたらふに
二人すわりし青草は
熱き涙にぬれにけり

罪なれば　物のあはれを

罪なれば物のあはれを
こゝろなき身にも知るなり
罪なれば酒をふくみて
夢に酔《ゑ》ひ夢に泣くなり

罪なれば親をも捨てて
世の鞭《むち》を忍び負《お》ふなり
罪なれば宿を逐《お》はれて
花園《はなぞの》に別れ行くなり

罪なれば刃《やいば》に伏《ふ》して
紅《あか》き血に流れ去るなり
罪なれば手に手をとりて
死の門《かど》にかけり入るなり

罪なれば滅《ほろ》び砕けて
常闇《とこやみ》の地獄《ぢごく》のなやみ
嗚呼《ああ》二人抱《いだ》きこがれつ
恋の火にもゆるたましひ

風よ静かに
かの岸へ

風よ静かに彼《か》の岸へ
こひしき人を吹き送れ
海を越え行く旅人の
群《むれ》にぞ君はまじりたる

八重《やへ》の汐路《しほぢ》をかき分けて
行くは僅《はづか》に舟一葉《ふねひとは》
底白波《そこしらなみ》の上なれば
君安かれと祈るかな

海とはいへどひねもすは
皐月《さつき》の野辺《のべ》と眺《なが》め見よ
波とはいへど夜もすがら

緑の草と思ひ寝よ
もし海怒《いか》り狂ひなば
われ是《この》岸に仆《たふ》れ伏し
いと〳〵深き歎息《ためいき》に
其嵐《そのあらし》をぞなだむべき

楽しき初憶《はじめおも》ふ毎《ごと》
哀《かな》しき終堪《をはりた》へがたし
ふたたびみたびめぐり逢《あ》ふ
天《あま》つ恵《めぐ》みはありやなしや

あゝ緑葉《みどりば》の嘆《なげき》をぞ
今は海にも思ひ知る
破れて胸は紅《あか》き血の
流るゝがごと滴《したた》るがごと

三―壮年

壮　年

一　埋木《うもれぎ》

羽翼《つばさ》なければ繫《つな》がれて
朽《く》ちはつべしとかねてしる
光《ひかり》なければ埋《うづ》もれて
老いゆくべしとかねてしる

知る人もなき山蔭《やまかげ》に
朽ちゆくことを厭《いと》はねば
牛飼ふ野辺《のべ》の寂《さび》しさを

かくれがとこそ頼むなれ
埋もるゝ花もありやとて
独《ひと》り戸に倚《よ》り眺《なが》むれば
ゆふべ空《むな》しく日は暮れて
牧場《まきば》の草に春雨《はるさめ》のふる

二 告別

罪人《つみびと》と名にも呼ばれむ
罪人と名にも呼ばれむ
帰らじとかねて思へば
嗚呼《ああ》涙さらば故郷《ふるさと》

駒《こま》とめて路《みち》の樹《こ》蔭《かげ》に
あまたたびかへりみすれば
輝きて立てる白壁《しらかべ》
さやかにも見えにけるかな

鬣《たてがみ》は風に吹かれて
吾《わが》駒の歩みも遅し
愁《うれ》ひつゝ蹄《ひづめ》をあげて
雲遠き都にむかふ

戦ひの世にしあなれば
野の草の露と知れゝど
吾父の射る矢に立ちて
消えむとは思ひかけずよ

捨てよとや紙にもあらず
吾心焼くよしもなし
捨てよとや筆にもあらず
吾心折るよしもなし

そのねがひ親や古《ふ》りたる

このおもひ子や新しき
つく〴〵と父を思へば
吾袖《そで》は紅《あか》き血となる
静息《やすみ》なく激《た》ぎつ胸には
柵《しがらみ》もなにかとゞめん
洪水《おほみづ》の溢《あふ》るゝごとく
海にまで入《い》らではやまじ

はらからやさらば故郷
去《い》ねよ去ねよ去ねよ吾駒
諸共《もろとも》に暗く寂《さび》しく
故《むかし》の園《その》を捨てて行かまし

三　佯狂《やうきやう》

胡蝶《こてふ》の夢の人の身を
旅といふこそうれしけれ
常世《とこよ》に長き天地《あめつち》を
宿《やど》といふこそをかしけれ
青き山辺《やまべ》は吾枕《わがまくら》
花さく野辺《のべ》は吾衾《わがしとね》
星縫ふ空は吾帳《わがとばり》
さかまく海は吾緒《わがを》琴《ごと》

いづこよりとは告げがたし
いづこまでとは言ひがたし

いま日の光いま嵐《あらし》
来《きた》る歓楽哀傷《たのしみかなしみ》の
人のさかりをかりそめに
夏といはんもおもしろや

あゝわれひとの知らぬ間に

心の色は褪《あ》せ易《やす》し
胸うち掩《おほ》ふ緑葉《みどりば》の
若き命もいくばくぞ

かんばせの花紅《あか》き子も
あはれや早く翁顔《おきながほ》

あるひは高く撃《う》てれども
翅《つばさ》砕けて八重葎《やへむぐら》
あるひは遠く舞へれども
望《のぞみ》は落ちて塵埃《ちりあくた》

誉《ほまれ》も声も浮ける雲
すぐれし才《ざえ》はいづこぞや
涙も夢も草の雨
流れて更に音も無し

思ふて誰《たれ》か傷《いた》まざる
歩みて誰か迷はざる

人の命を児童《わらはべ》の
嘻戯《たはれ》と言ふは誰《た》が言葉
賤《しづ》も聖《ひじり》も丈夫《ますらを》も
児童ならぬものやある

昼には昼に遊ぶべし
夜には夜に遊ぶべし
破りはつべき世ならねば
身は狂ふこそ悲しけれ

捨てつ拾ひつこの命
行きつ運《めぐ》りつこの環《たまき》

四　草枕

落葉松《からまつ》の樹《き》はありとても
石楠花《しやくなげ》の花さくとても
故郷《ふるさと》遠き草枕
思《おもひ》はなにか慰《なぐさ》まむ

旅寝《たびね》は胸も病むばかり
沈む憂《うれひ》は酔《ゑ》ふがごと
独《ひと》りぬる夜の夢にのみ
たゞ夢にのみ山路《やまぢ》を下《くだ》る

五　幻境

ふと目は覚《さ》めぬ五《いつ》とせの
心の酔《ゑひ》に驚きて
若き是《この》身をながむれば
はや吾《わが》春は老いにけり

夢の心地も甘かりし
昔は何を知れとてか
清《すず》しき星も身を呪《のろ》ふ
今は何をか思へとや

剛愎《かたくな》なりし吾《われ》さへも
折れて泣きしは恋なりき
荒き胸にも一輪の
花をかざすは恋なりき

勇める馬の狂ひいで
鬣《たてがみ》長く嘶《いなな》きて
風こゝちよき青草の
野辺《のべ》を蹄《ひづめ》に履《ふ》むがごと

又は眼《まなこ》も紫に

胸より熱き火を吹きて
汲《く》めど尽きせぬ真清水《ましみづ》の
泉に喘《あへ》ぎよるがごと
若き心の躍《をど》りては
軛《くびき》も綱も捨てけりな
こがれつ酔ひつ筆振れば
筆神《ふでがみ》ありと思ひてき
あゝうつくしき花草《はなぐさ》は
咲く間を待たで萎《しぼ》むらん
消えはてにけり吾恋は
芸術諸共《たくみもろとも》消えにけり
そは何故《なにゆゑ》のうき世にて
人に誠《まこと》はありながら
恋路の末はとこしへの

冬を性命《いのち》に刻《きざ》むらむ
黒髪《くろかみ》われを覆《おほ》ふとも
血潮《ちしほ》はわれを染むるとも
花口唇《くちびる》を飾るとも
思《おもひ》は胸を傷《いた》ましむ
絵筆うちふる吾指《わがゆび》は
嘆《なげ》きのために震《ふる》ふかな
涙に濡《ぬ》るゝ吾紙《わがかみ》は
象《かたち》空《むな》しく消ゆるかな
かはりはてたる吾命《わがいのち》
かはりはてたる吾思《わがおもひ》
かはりはてたる吾恋路《わがこひぢ》
かはりはてたる吾芸術《わがたくみ》

この世はあまり実《み》にすぎて
あたら吾身は夢ばかり
なぐさめもなき幻《まぼろし》の
境《さかひ》に泣《なき》てさまよふわれは

六　邂《かい》逅《こう》

縫《ぬ》ひかへせ縫ひかへせ
膩《あぶら》に染《そ》みし其袂《そのたもと》
涙に濡《ぬ》れし其袂
濯《すす》げよさらば嘆《なげ》かずもがな

縫ひかへせ縫ひかへせ
君が衣《ころも》を縫ひかへせ
愁《うれひ》は水に汗は瀬《せ》に
濯げよさらば嘆かずもがな

縫ひかへせ縫ひかへせ
捨てよ昔の夢の垢《あか》
やめよ甲斐《かひ》なき物思《ものおもひ》
濯げよさらば嘆かずもがな

縫ひかへせ縫ひかへせ
腐《くさ》れて何《なに》の袖《そで》かある
労《つか》れて何の道かある
濯げよさらば嘆かずもがな

縫ひかへせ縫ひかへせ
薄き羽《は》袖《そで》の蟬《せみ》すらも
歌ふて殻《から》を出《い》づる世に
濯げよさらば嘆かずもがな

縫ひかへせ縫ひかへせ
君がなげきは古《ふ》りたりや
とく新しき世に帰れ

濯げよさらば嘆かずもがな

四―椰子《やし》の実《み》、其《その》他

椰子の実

名も知らぬ遠き島より
流れ寄る椰子の実一つ
故郷《ふるさと》の岸を離れて
汝《なれ》はそも波に幾月
旧《もと》の樹《き》は生《お》ひや茂れる
枝はなほ影をやなせる
われもまた渚《なぎさ》を枕《まくら》

孤身《ひとりみ》の浮寝《うきね》の旅ぞ
実をとりて胸にあつれば
新《あらた》なり流離《りうり》の憂《うれひ》

海の日の沈むを見れば
激《たぎ》り落つ異郷の涙
思ひやる八重《やへ》の汐々《しほじほ》
いづれの日にか国に帰らん

浦島

浦島の子とぞいふなる
遊ぶべく海辺に出《い》でて
釣《つり》すべく岩に上りて
長き日を糸垂れ暮す
流れ藻《も》の青き葉蔭《はかげ》に
隠れ寄る魚かとばかり
手を延《の》べて水を出でたる
うらわかき処女《をとめ》のひとり

名のれ〳〵奇《く》しき処女よ
わだつみに住める処女よ
思ひきや水の中にも
黒髪の魚のありとは

かの処女嘆《なげ》きて言へる
われはこれ潮《うしほ》の児《こ》なり
わだつみの神のむすめの
乙姫《おとひめ》といふはわれなり

竜《たつ》の宮荒れなば荒れね
捨てて来て海へは入らじ
あゝ君の胸にのみこそ
けふよりは住むべかりけれ

舟路

海にして響く艫《ろ》の声
水を撃《う》つ音のよきかな
大空に雲は飄《ただよ》ひ
潮《しほ》分けて舟は行くなり

静なる空に透《す》かして
青波の深きを見れば
水底《みなそこ》やはてもしられず
流れ藻の浮きつ沈みつ

緑《みどり》なす草のかげより
湧《わ》き出《い》づる泉ならねど
おのづから満ち来る汐《しほ》は
海原《うなばら》のうちに溢《あふ》れぬ

さながらに遠き白帆《しらほ》は
群をなす牧場《まきば》の羊
吹き送る風に飼はれて
わだつみの野辺《のべ》を行くらん

雲行けば舟も随《したが》ひ
舟行けば雲もまた追ふ
空と水相《あひ》合ふかなた
諸共《もろとも》にけふの泊《とまり》へ

海辺の曲

うみべといへるしらべに合せてつくりしうた

よのわづらひをのがれいでつゝ、ひとりうみべにさまよひくれば、あゝはや、わがむねは、こひのおほなみ、こゝろにやすきひとときもなく、くらきうしほのうみよりいでて、あふれてきしにのぼれるみれば、つめたきかぜの、ゆめをふくとき、とゞめもあらずなみだしながる。

響《ひびき》りん〱
音りん〱

響りん〱音りん〱
うちふりうちふる鈴高く
馬は蹄《ひづめ》をふみしめて
故郷《こきやう》の山を出づるとき
その黒毛《くろげ》なす鬣《たてがみ》は
冷《すず》しき風に吹き乱れ
その紫の両眼は
青雲《あをぐも》遠く望むかな

枝の緑に袖触《そでふ》れつ
あやしき鞍《くら》に跨《またが》りて
馬上に歌ふ一ふしは
げにや遊子《いうし》の旅の情《じやう》

あゝをさなくて国を出《い》で
東の磯辺《いそべ》西の浜
さても繋《つな》がぬ舟《ふね》のごと
夢長きこと二十年
たま〳〵ことし帰りきて
昔懐《おも》へばふるさとや
蔭《かげ》を岡辺《をかべ》に尋《たづ》ぬれば
松柏《しようはく》すでに折れ砕け
径《みち》を川辺にもとむれば
野草《のぐさ》は深く荒れにけり

菊は心を驚かし
蘭《らん》は思《おもひ》を傷ましむ
高きに登り草を藉《し》き
惆悵《ちうちやう》として眺《なが》むれば
檜原《ひばら》に迷ふ雲落ちて
涙流れてかぎりなし

去《い》ね〳〵かゝる古里《ふるさと》は
ふたたび言ふに足《た》らじかし
あゝよしさらばけふよりは
日行き風吹き彩雲《あやぐも》の
あやにたなびくかなたをも
白波高く八百潮《やほじほ》の
湧《わ》き立ちさわぐかなたをも
かしこの岡もこの山も
いづれ心の宿とせば
しげれる谷の野葡萄《のぶだう》に
秋のみのりはとるがまゝ
深き林の黄葉《もみぢば》に
秋の光は履《ふ》むがまゝ
響りん〳〵音りん〳〵

うちふりうちふる鈴高く
馬は首《かうべ》をめぐらして
雲に嘶《いなな》きいさむとき
かへりみすれば古里の
檜原は目にも見えにけるかな

悪　夢

少年の昔よりかりそめに相知れるなにがし、獄《ごく》に繋《つな》がるゝことゝに三とせあまりなりしが、はからざりき飛報かれの凶音《きよういん》を伝へぬ。今春獄吏に導かれて、かれを巣鴨の病床に訪《おとな》ひしは、旧知相見るの最後にてありき。かれ学あり、才あり、西の国の言葉にも通じ、宗教の旨をも味はひ知り、おほかたの芸能にもつたなからず、人にも侮《あなど》られまじき程の品かたちは持てりしに、其《その》半生を思ひやれば実に惨苦と落魄《らくはく》との連鎖《れんさ》とも言ふべかりき。かれは春の長閑《のどか》に暖かなる家庭に生ひたちて、希望と幸福とを一身に荷《にな》ひたりしかど、やがて獄窓に呻吟《しんぎん》せしの日は人生流離の極みを尽したる後なりき。あはれむべし、死と狂と罪を除きて他にかれの行くべき道とてはあらざりしなり。われは今、かれが悪夢を憐《あはれ》むの余り、一篇の蕪辞《ぶじ》囚人の愁《うれ》ひをとりて、みだりに花鳥の韻事を穢《けが》す、罪の受くべきはもとよりわが期する所なり。

其《その》耳はいづこにありや
其胸はいづこにありや

激《たぎ》り落つ愁《うれひ》の思《おもひ》
この心誰《たれ》に告ぐべき

秋蝿《あきはへ》の窓に残りて
日の影に飛びかふごとく
あぢきなき牢獄《ひとや》のなかに
伏《ふ》して寝《い》ねまたも目ざめぬ

夜な〳〵の衾《ふすま》は濡《ぬ》れて
吾床《わがとこ》は乾《かわ》く間も無し
黒髪は霜に衰へ
若き身は歎《なげ》きに老いぬ

春やなき無間《むげん》の谷間
潮やなき紅蓮《ぐれん》の岸辺《きしべ》
憔悴《うらがれ》の死灰《しくわい》の身には
熱き火の燃ゆる罪のみ

銀《しろがね》の台《うてな》も砕け

恋の矢も朽《く》ちて行く世に
いつまでか骨に刻みて
時しらず活《い》くる罪かも

空の鷲《わし》われに来《こ》よとや
なにかせん自在《じざい》なき身は
天《てん》の馬われに来よとや
なにかせん鉄鎖《くさり》ある身は

いかづちの火を吹くごとく
この痛み胸に踊《をど》れり
なか〳〵に罪の住家《すみか》は
濃《こ》き陰《かげ》の暗《やみ》にこそあれ

いとほしむ人なき我《われ》ぞ

隠《かく》れむにものなき我ぞ
血に泣きて声は呑《の》むとも
寂寞《さびしき》の裾《すそ》こそよけれ

世を知らぬをさなき昔
香《か》ににほふ妹《いも》を抱《いだ》きて
すゝりなく恨《うら》みの日より
吾虫《わがむし》は驕《たかぶ》るばかり

わがいのち戯《たはむれ》の台《うてな》
その悪を舞ふにやあらん
わがこゝろ悲しき鏡
その夢を見るにやあらん

人の世に羽《は》を撃《う》つ風雨《あらし》
天地《あめつち》に身は捨小舟《すてをぶね》
今更に我をうみてし
亡き母も恨めしきかな

父いかに旧《もと》の山河《やまかは》
妻いかに遠《とほ》の村里《むらざと》
この道を忘れたまふや
この空を忘れたまふや

いかなれば歎きをすらん
その父はわれを捨つるに
いかなれば忍びつ居らん
その妻はわれを捨つるに

くろがねの窓に縋《すが》りて
故郷《ふるさと》の空を望めば
浮《ふ》雲や遠く懸《かか》りて
履《ふ》みなれし丘にさながら

さびしさの訪《と》ひくる外《ほか》に
おとなひも絶えてなかりし
吾窓《わがまど》に鳴く音《ね》を聴《き》けば
人知れず涙し流る

鵯《ひよどり》よ翅《つばさ》を振りて
黄葉《もみぢば》の陰《かげ》に歌ふか
幽囚《とらはれ》の笞《しもと》の責《せめ》や
人の身は鳥にもしかじ

あゝ一葉《ひとは》枝に離れて
いづくにか漂《ただよ》ふやらん
照れる日の光はあれど
わがたましひは暗くさまよふ

夏の夢

また落ちかゝる白雨《ゆふだち》の
若葉青葉を過ぎてのち
緑の野辺に蝶《てふ》は来て
名もなき草の花ざかり

めぐり〳〵て藪《やぶ》かげを
ぬつと出《い》づれば夏の日や
白き光に照らされて
すがたをつゝむ頬冠《ほほかむ》り

離れ〴〵の雲の行く
天の心は知らねども
蛙《かはづ》のうたふ声きけば
今はよろづの恋の時

かよひなれたる白百合の
畠《はたけ》を荒す田鼠《むぐらもち》
小高き土をふみしめて
花さくなかを逢ひに行く

蟹《かに》の歌

波うち寄する磯際《いそぎは》の
一つの穴に蟹二つ
鳥は鳥とし並び飛び
蟹は蟹とし棲《す》めるかな
日《ひ》毎《ごと》の宿のいとなみは
乾く間もなき砂の上
潮《しほ》引く毎《ごと》に顕《あらは》れて
潮満つ毎に隠《かく》れけり
やがて天雲驚きて
落ちて風雨《あらし》となりぬれば
流るゝ砂と諸共《もろとも》に
二つの蟹の行衛《ゆくへ》知らずも

鳥なき里

鳥なき里の蝙蝠《かうもり》や
宗助《そうすけ》鍬《くは》をかたにかけ
幸助《かうすけ》網を手にもちて
山へ宗助海へ幸助
黄《き》瓜《うり》花さき夕影に
蟬《せみ》鳴くかなた桑の葉の

露にすゞしき山道を
海にうらやむ幸助のゆめ

磯菜《いそな》遠近《をちこち》砂の上《へ》に
舟干すかなた夏潮《なつじほ》の
鰺藻《あぢも》に響く海の音《ね》を
山にうらやむ宗助のゆめ

かくもかはれば変る世や
幸助鍬をかたにかけ
宗助網を手にもちて
山へ幸助海へ宗助

霞《かすみ》にうつり霜に暮れ
たちまち過ぎぬ春と秋
のぞみは草の花のごと
砂《すな》に埋れて見るよしもなし

さながらそれも一時《ひととき》の
胸の青雲《あをぐも》いづこぞや
かへりみすれば跡もなき
宗助のゆめ幸助のゆめ

ふたたび百合はさきかへり
ふたたび梅は青みけり
深き緑の樹の蔭《かげ》を
迷ふて帰る宗助幸助

藪《やぶ》入《いり》

上

朝浅草を立ちいでて

かの深川を望むかな
片影冷《かたかげすず》しわれは今
こひしき家に帰るなり

籠《かご》の雀《すずめ》のけふ一日《ひとひ》
いとまたまはる藪入や
思ふまゝなる吾《わが》身こそ
空飛ぶ鳥に似たりけれ

大川端《おほかはばた》を来て見れば
帯は浅黄《あさぎ》の染模様
うしろ姿の小走りも
うれしきわれに同じ身か

柳の並樹《なみき》暗くして
墨田の岸のふかみどり
漁《すなど》り舟《ぶね》の艫《ろ》の音は
静かに波にひゞくかな

白帆《しらほ》をわたる風は来て
鬢《びん》の井《ゐ》筒《づつ》の香《か》を払ひ
花あつまれる浮草《うきぐさ》は
われに添ひつゝ流れけり

潮《しほ》わきかへる品川の
沖のかなたに行く水や
思ひは同じかはしもの
わがなつかしの深川の宿

下

その名ばかりの鮨《すし》つけて
やがて一日《ひとひ》は暮れにけり
いとまごひして見かへれば
蚊遣《かやり》に薄き母の影

あゆみは重し愁《うれ》ひつゝ
岸辺を行きて吾宿《わがやど》の
今のありさま忍ぶにも
忍ぶにあまる宿世《すくせ》かな

家をこゝろに浮《うか》ぶれば
夢も冷《つめ》たき古簀子《ふるすのこ》
西日悲しき土壁《つちかべ》の
まばら朽ちたる裏住居《うらずまひ》

南の廂《ひさし》傾きて
垣《かき》に短かき草箒《くさばうき》
破《や》れし戸に倚《よ》る夏菊の
人に昔を語《かた》り顔《がほ》
風吹くあした雨の夜半《よは》

すこしは世をも知りそめて
むかしのまゝの身ならねど
かゝる思ひは今ぞ知る

身を世を思ひなげきつゝ
流れに添ふてあゆめばや
今の心のさみしさに
似るものもなき眺《なが》めかな

夕日さながら画《ゑ》のごとく
岸の柳にうつろひて
汐《しほ》みちくれば水禽《みづとり》の
影ほのかなり隅田川

茶舟《ちやぶね》を下《くだ》す舟人《ふなびと》の
声遠近《をちこち》に聞えけり
水をながめてたゝずめば

深川あたり迷ふ夕雲

鼠《ねずみ》をあはれむ

星近く戸を照《てら》せども
戸に枕《まくら》して人知らず
鼠古巣《ふるす》を出《い》づれども
人夢さめず驚かず

情《なさけ》の海の淡路島
通ふ千鳥の声絶えて
やじりを穿《うが》つ盗人《ぬすびと》の
寝息をはかる影もなし

長き尻尾《しりを》をうちふりつ
小踊《こをど》りしつゝ軒《のき》づたひ
煤《すす》のみ深き梁《うつばり》に
夜をうかゞふ古鼠《ふるねずみ》

光にいとひいとはれて
白歯《しらは》もいとゞ冷《ひや》やかに
竈《かまど》の隅《すみ》に忍びより
ながしに捜《さぐ》る鯵《あぢ》の骨

闇夜《やみよ》に物を透《す》かし視《み》て
暗きに遊ぶさまながら
なほ声無きに疑ひて
影を懼《おそ》れてきゝと鳴き鳴く

解説

伊藤信吉

詩の魅惑は不思議である。たとえば私どもは、ずっと以前に読んだ作品を後々まで永く忘れないことがあるし、その情感の記憶が、いつ知らず自分の体験の記憶の中へ流れこみ、両者の境界がおぼろげになってしまうことがある。そうかと思うとその逆に、はじめて読んだ作品なのにもかかわらず、その情感に等しい体験が、自分自身に在ったように感じることがある。この不思議な魅力——詩における情感の同化作用は、青春の思いを歌った韻文詩の場合に多い。そしてその典型が『藤村詩集』である。

藤村の詩の業績は『若菜集』（明治三〇・八刊）『一葉舟』（明治三一・六刊）『夏草』（明治三一・一二刊）『落梅集』（明治三四・八刊）の四詩集にそのほとんどが収められ、後にこの四詩集を合せて『藤村詩集』（明治三七・九刊）が刊行された。「遂《つひ》に、新しき詩歌《しいか》の時は来《きた》りぬ。」という著名な言葉は、『藤村詩集』の序文として書かれたものだが、この言葉には、詩人島崎藤村の数々の思いとともに、青年島崎春樹の無限の思いがこめられていた。『藤村詩集』のどの頁《ページ》をひらいても、そこに新しい時代の感情の声を聴くことができるし、青春の生命のあらわれを見ることができる。『若菜集』に、「若き命に堪へかねて／岸のほとりの草を藉《し》き／微笑《ほほゑ》みて泣く吾身かな」（「おえふ」）という一節がある。青春のあふれるような生命の力は、微笑とともに涙をさそい、涙に微笑を含んでいる。悲しみの涙が、あかるい微笑につつまれている。私どもは青春の日のどこかでこれに似た経験をしているが、『若菜集』の詩人は、それを優美な言葉で作品の世界へ移し入れた。多くの人の味わうその情緒《じょうしょ》的体験を、心の姿、心の歌として表現したのである。それによって藤村自身の経験が、多くの人の経験そのものに化したのである。私どもがこの詩を読んで共感にさそわれるのは、そこに青春の永遠性というべきものを感じるからである。

同じことが他の作品についても言える。やはり『若菜集』に、「きみがさやけき　めのいろも／きみくれなゐの　くちびるも／きみがみどりの　くろかみも／またいつかみん　このわかれ」（「高楼」）という一節がある。この詩は姉と妹との別れの歌だが、戦後になって「惜別」という別題を付せられ、リード風に作曲されてわかい人たちに愛誦《あいしょう》されている。これは作品の背後に永い年月が過ぎ去ったにもかかわらず、現代のわかい人たちが『若菜集』の抒情《じょじょう》を呼び戻《もど》し、昔も今も変らぬものとして、青春の思いを語り合っている、ということである。昔の青春が、不変の姿で後代のわかい人たちに呼びかけるのである。ここに『若菜集』の青春の永遠性がある。

長野県小諸《こもろ》市の城趾《じょうし》公園懐古園の一隅《いちぐう》に、「小諸なる古城のほとり」の詩を、ブロンズのパネルにして、自然石にはめこんだ詩碑がある。藤村は明治三十二年から同三十八年（二十八―三十四歳）にかけてこの地に住み、小諸義塾の教師として足かけ七年を過した。ここで詩から散文へ移り、小説の試みとして『千曲川のスケッチ』を綴《つづ》り、最初の長篇《ちょうへん》『破戒』に着手した。第四詩集『落梅集』を刊行したのも小諸在住の時だった。

「小諸なる古城のほとり」は『落梅集』の一篇で、今だに多くの人に愛誦されている。これからも永く歌いつがれるだろう。それだけの魅力のある詩である。最初の「雲白く遊子《いうし》悲しむ」という旅情も、終りの「草枕《くさまくら》しばし慰む」という旅情も、これらはすべて詠歎《えいたん》の抒情である。千曲川のほとりの早春の風物に寄せて、旅の思いを述べた感傷の歌である。このとき藤村はまさに青春の終りの時に当っていた。

「千曲川旅情の歌」は、光彩に満ちたその生命と情熱の時が終ろうとすることの悲しみであり、人生流離をおもう旅人の悲しみだった。そういう二つの思い、二つの悲しみがこの詩の主題になっている。

春から秋の季節にかけて懐古園を訪《たず》ねる人の数はおびただしい。その人たちは多かれ少なかれ、藤村の文学作品を通して小諸の町や千曲川や浅間山をみているわけだが、ここにも藤村の青春との邂逅《かいこう》がある。詩に歌われた名残《なご》りの青春との邂逅、はるかな時代の青春との邂逅がある。『藤村詩集』の頁をひらくことは、その頁のいたるところで青春の永遠性と邂逅し、在りし日の青春を、今日の青春において語り合うことにほかならない。

*

　藤村の歌声の後をうけて、近代詩から現代詩へとつづく歴史の途上には、時代を次いで多くの詩人が登場し、多くの成果をのこしている。この過程で詩の形式や形態も次々に新しくされ、現代詩は内容、形式とも多様化し、表現技法も複雑になった。明治年代の新体詩（七・五音その他の定形による韻文詩）にくらべると、これが同じ詩かと思われるほどの変化をした。この見地からすれば藤村の作品は、今では詩というよりも「歌」といった方が妥当に思われるかもしれない。

　そのように藤村の詩は、その形式においては歌だったのである。だが形式は歌（韻）であっても、その内容（抒情）において、『藤村詩集』全巻は不抜の詩精神につらぬかれている。そればかりでなく『藤村詩集』は近代詩の成立と展開——そして現代詩へのはるかな途《みち》をひらくために、そのもっとも鞏固《きょうこ》な礎石の役割を果した。そしてまた『藤村詩集』において、近代の精神といわれるものが、はじめて見事に作品化されたのである。

　これも著名な作品だけれども、『若菜集』に「初恋」の詩がある。「人こひ初《そ》めしはじめなり」というように、物心ついてはじめて知った胸のときめきを、林檎《りんご》畑を背景にして、思い出ふうに綴った恋愛詩である。いかなる人の思い出においても、初恋はすべて清純な慕情としてあらわれるが、この詩の慕情は「前にさしたる花櫛《はなぐし》の／花ある君と思ひけり」「薄紅《うすくれなゐ》の秋の実に」「誰《た》が踏みそめしかたみぞと」など、林檎の花やその実のように匂《にお》わしい。

この清純な抒情は何によってもたらされたのか。この詩を作ったとき藤村の胸には、愛を人生の美とする精神があった。愛を美において語る精福——恋愛の新しいモラルと、詩人としての新しい美意識があった。同時に、女性を一個の人間として考え、それゆえに愛は人生の美、生命の美であるという考えがあった。藤村は十七歳のときキリスト教の洗礼をうけた（後に教会の籍を退く）ことがあり、西欧の近代文学とともに、キリスト教からも近代的思想を吸収した。愛を美とする考え方は、当時の一般的な道徳観念にくらべて新しいものであった。「初恋」ほどに新鮮で清純な恋愛詩は、それまでの詩に見られなかったのである。その意味で「初恋」は、近代詩における最初の恋愛詩ということができる。

この詩のもう一つの特質は、それが純粋の抒情で成立っているところにある。純粋抒情詩の成立である。それまでの詩はたとえ恋愛詩でも、そのほとんどがなんらかの題材や筋（ストーリイ）や物語に拠《よ》っていた。つまり叙事詩や物語詩が多かったのである。

詩の中で叙事的展開が行われ、それを抒情的に扮飾《ふんしょく》するというものだった。これに対して「初恋」の詩は叙事的要素が薄く、愛の抒情そのものがテーマになっている。したがって「花ある君」が誰であるかなどという、モデルらしいものの詮索《せんさく》は意味を成さない。「花ある君」は慕情の表象としてのみ存在するのであって、ここでは慕情そのものがテーマになっている。やがて抒情そのものの表現は近代抒情詩に通例のこととなったが、そのもっとも早いあらわれは『若菜集』の作品だった。

一転して『若菜集』の他の作品には、「恋は吾身の社《やしろ》にて／君は社の神なれば／君の祭壇《つくゑ》の上ならで／なににいのちを捧《ささ》げまし」（「おくめ」）という一節がある。はげしい情熱の歌である。恋愛を絶対とするこの考え方は、旧来の道徳観念からすれば驚くべき飛躍であったろう。江戸時代の旧道徳において恋愛は罪悪視されていた。これに対して藤村の詩は、恋愛を生命の燃焼、人間性の本然の発現というふうに受けとり、そこから旧道徳感からの解放、精神と肉体の解放、古い生活慣習からの解放、という新時代のモラルを提出した。総じてこれは、人間性の自覚、自我の自覚につながる事柄《ことがら》であり、それによって近代の精神の詩的形象化が行われたのである。『若菜集』の恋愛詩には、このような時代的、積極的意味があった。

　人間性の自覚、自我の自覚という命題は、長篇「農夫」に特異な形であらわれている。「農夫」は大きな規模の物語詩といってよい作品だが、その中に「げに凄《すさ》まじき戦の／

あとにもましてうつし世に／いや悲しきはあらじかし」という部分がある。これは戦争に召集された青年の農夫が、戦争というものについての懐疑を述べた言葉の一つで、戦場に失われる生命の悲しさを思うところに、厭戦《えんせん》的な気配がひそかに感じられる。このほかにも同様の言葉が幾つかあるが、このような戦争への懐疑に、藤村における人間的主体の自覚を見ることができる。

　これをもっと情緒的な面についてみれば、「小諸なる古城のほとり」の憂愁の旅情など、近代人特有の心理を反映したものである。「こゝろみに思へ、清新横溢《わういつ》なる思潮は幾多の青年をして殆《ほとん》ど寝食を忘れしめたるを。また思へ、近代の悲哀と煩悶《はんもん》とは幾多の青年をして狂せしめたるを。」という『藤村詩集』の序文は、これらの作品における近代の精神の詩的形象化の上に立って述べられたものである。

＊

『藤村詩集』が近代詩の成立に礎石の役割を果したということは、別言すれば藤村が新詩の開拓者だったということである。すべてが試みの時代に、いっさいを実践的に開拓した詩人だったということである。

「新しい詩といふものは、あの当時にあつては疑問とされてゐました。『万葉』の時代には、長歌といふものはあつても、結局、短い詩形が残つて、和歌なり俳句なりずつと成長して来たといふのは、何かそこに動かしがたい言葉の約束とでもいふものがあるのだといふ考は、多くの人の頭を支配してゐましたから、日本の言葉で新しい詩が書けるか、といふことは当時にあつてはまだ疑問でした。」（「『若菜集』時代」）ここにいう「あの当時」は『若菜集』の作品を書いたころのことで、当時の新体詩は形式が新奇だというだけで、まだその可能性さえ疑われていたのである。

　当時の詩人たちはこういう困難な環境に置かれていたが、そこで藤村が試みたのは、言葉の復活であり、あらゆる形式や技法を採用してみる、ということだった。

　これまでに例示した作品に即していえば、「高楼」は対話詩である。姉と妹が交互に言葉を交《か》わし、それによって別離の情を語る——一篇の抒情的世界を形成するという形の作品である。テーマは別離の情そのものだったけれども、それの表現は対話詩というもどかしい形式だった。

「農夫」は尨大《ぼうだい》な作品ということもあって、対話詩、普通の詩形を織りまぜているが、その各部分を取り出してみれば、全篇をいかにして抒情的に構成するかについて、作者が並ならぬ配慮をしたことが分る。篇中に「小女」という牧歌風な歌が組みこまれているのも、作品構成における抒情的配慮によるのである。

　このように対話詩を基本とする二篇の作品は、逆に藤村が本然的な抒情詩人だったことを立証する。このほか伝承の説話や、近世の演劇に扱われた巷説《こうせつ》などを取り入れた作品をみても、その基本的方向は、抒情的世界の形成というところにあった。藤村は生れながらの抒情詩人であり、純粋抒情詩によってすぐれた業績を残したのである。

詩人における言葉の才能は、言語感覚の働きと同時に、詩的情操の質的なものとの関連において発揮される。言葉の復活ということについて藤村は、「詩を新しくすることは、私に取つては言葉を新しくすると同じ意味であつた。『春』といふ言葉一つでも活《い》き返つて来た時の私のよろこびは、どんなだつたらう。」（「言葉」）といったことがある。しかしこれは言葉そのものだけの問題でなく、「言葉を新しくする」ことには詩的情操の質的なものが絡《から》んでいる。

「春といふ言葉」の復活は、その季節感を新鮮な抒情に溶けこませることである。藤村には、春の詩が数篇あるけれども、その一つとして「草枕」の終りに、「春きにけらし春よ春／まだ白雪の積れども／若菜の萌《も》えて色青き」という部分がある。この新鮮な「春」の歌――春という言葉の復活は、その本質において情感の新鮮さによるものだった。

永い間の悲しみや苦しみを超え、家計の貧しさにあがいた藤村にとって、東北学院の教師となって過した仙台の一年（明治二十九年九月―三十年七月。二十五―六歳）は、心身ともに新生のときだった。そこには「小さな経験がすべて詩になつた。何を見ても眼がさめるやうであつた。新しい自然、新しい太陽、そして新しい青春。」という感動の裏打ちがあった。言葉の復活は、藤村その人の新生にむすびついていた。

　これと並んで、言葉は、しばしば技巧的な形でも使用された。というよりもその抒情に染められた詩句として、「鳩《はと》に履《ふ》まれてやはらかき／草とならばやあけぼのの」（「春」二の「あけぼの」）や、「北斗は色をあらためて／よろづの光なまめきぬ」「西風星の花を吹き／天の河岸秋立ちぬ」（「天の河」一の「七月六日の夕」）などを挙げることができる。これらは既に感覚的表現の巧みさというべきものであった。

『藤村詩集』は既に近代詩の古典である。近代文学の遺産である。しかしそのみずみずしい抒情は、今も私どもの胸に共感のさざめきを呼び起す。「時代の新声」だったその抒情が、「古典の新声」として共感にさそうのである。

（昭和四十二年十月、文芸評論家）

本書は春陽堂刊『藤村詩集』（大正六年十月二十五日訂正増補五十版）を底本とした。

表記について

新潮文庫の文字表記については、原文を尊重するという見地に立ち、次のように方針を定めました。

一、旧仮名づかいで書かれた口語文の作品は、新仮名づかいに改める。
二、文語文の作品は旧仮名づかいのままとする。
三、旧字体で書かれているものは、原則として新字体に改める。
四、難読と思われる語には振仮名をつける。

本書はおどり字を整理し、用字・仮名づかいの誤りは訂正した。ただし、「問ふて」「思ふて」の類はそのままにした。

藤《とう》村《そん》詩《し》集《しゆう》

新潮文庫　し-2-15

昭和四十三年二月十日発行
平成二十年六月二十五日 六十六刷改版
平成二十四年六月十五日 七十刷

著　者　島《しま》崎《ざき》藤《とう》村《そん》
発行者　佐藤隆信
発行所　株式会社 新潮社

郵便番号 一六二―八七一一
東京都新宿区矢来町七一
電話 編集部(〇三)三二六六―五四四〇
　　 読者係(〇三)三二六六―五一一一
http://www.shinchosha.co.jp

価格はカバーに表示してあります。
乱丁・落丁本は、ご面倒ですが小社読者係宛ご送付ください。送料小社負担にてお取替えいたします。

印刷・東洋印刷株式会社　製本・株式会社大進堂
Printed in Japan

ISBN978-4-10-105516-9　C0192